ALPHAPOLIS
WEB CITY SINCE 2000

間違い召喚！ 1

追い出されたけど上位互換スキルでらくらく生活

A L P H A L I G H T

カムイイムカ
Kamui Imuka

アルファライト文庫

Main Characters

登場人物紹介

レン

本名・小日向連《こひなたれん》。冴《さ》えない青年だったが、
鍛冶《かじ》・採取《さいしゅ》・採掘《さいくつ》のスキルを得て
仲間達と気ままな人助け旅を始める。

ウィンディ

魔物に攫《さら》われかけた
ところを救われ、
レンとパーティーを組む
弓使いの少女。
陽気《ようき》だが、お調子者が
過ぎるところも。

ファラ

レンが召喚《しょうかん》された街のギルド受付係。
容姿端麗《ようしたんれい》、実力も兼《か》ね
備《そな》えた元冒険者で、
普段は意外と男勝《おとこまさ》りな口調《くちょう》になる。

ルーファス
ちょっと強面《こわもて》の元冒険者。
ある理由から投獄《とうごく》されていたところで
レンに出会う。斥候《せっこう》役が得意。
エレナ
ドワーフと人間の
ハーフの少女。
祖父《そふ》の営《いとな》む鍛冶屋で
レンに出会う。
エイハブ
レンが召喚された王城の衛兵で、
酒好きだが気のいいイケおじ。
無一文で追放された
レンを気にかける。
レイティナ
大きな屋敷のメイドとして、
レンに掃除の依頼を
出したお淑《しと》やかな女性。
しかしその正体《しょうたい》は……？

第一話　追い出されて自由な生活

「……本当にこの者が勇者なのか？」

「はい、そのはずですが……」

まるで中世のお城の中のような広間。真《ま》っ赤《か》な絨毯《じゅうたん》と、その両端《りょうはし》に控《ひか》える甲冑《かっちゅう》姿の兵士達。

そして正面《しょうめん》には、いかにもといった風体《ふうてい》の王様が鎮座《ちんざ》しており、困惑した表情で隣《となり》にいる女性に問いかけていた。女性はかなり若く、赤いドレスとサラサラの金髪が特徴的《とくちょうてき》だ。王女だろうか。

「そうか……だがマリー、あの者からはその……なんだ」

「――高貴《こうき》さ、ですか？」

マリーと呼ばれたドレスの女性が、王様に助言する。

「そうそれじゃ！　あの者からは全く感じられんぞ」

おいおい、聞こえているぞ。

でも僕――小日向連《こひなたれん》は、呆気《あっけ》に取られて突《つ》っ込《こ》むこともできなかった。

話の内容から察するに、僕はラノベによくある〝勇者召喚《しょうかん》〟というものに遭《あ》ってしまったらしい。

しかし、僕は運のない人間だ。

こんな幸運に恵まれるなんて何かおかしい、僕が勇者なはずがないのだ。

◇

二十歳独身、会社員。自分で言うのもなんだけど、僕はうだつの上がらないダメ男だった。

向上心や気力も湧《わ》かず、そして人一倍運も悪かった。

特にその日は、いつもの何倍も運が悪かったと思う。

カラスの糞《ふん》は降ってくるわ、黒猫は目の前を集団で横切るわ、挙句《あげく》の果てには急な残業で、最終電車まで逃してしまった。

「はぁ、今日もついてない」

僕は公園のベンチに座って、ため息まじりに言葉を漏《も》らす。

そこでふと目を瞑《つむ》ってしまったのがいよいよ運の尽《つ》きだった。わずか数分で、僕は寝息を立ててしまう。

すると、不意にポケットから何かが抜き取られた。

目を開けると、高校生くらいの少年が僕の財布を持って走り去っていくのが見えた。

「な！　待て！」

当然僕は追いかけた。自慢じゃないが足には自信がある。

泥棒《どろぼう》の少年は逃げながら僕を睨《にら》んでくるが、徐々に距離《きょり》が縮《ちぢ》まっていく。

あと少しで追いつく――と思った、その時。


僕は突然光に包まれて、見知らぬ赤い絨毯の上にいた。


そうして、気付いたらそのマリーとかいう女性と、見るからに王様っぽい人に、高貴さがないだの何だの、失礼なことを言われていたのである。

「マリー、鑑定《かんてい》をしてみよ」

「はい」

赤いドレスを翻《ひるがえ》して、女性が近づいてくる。そして鋭《するど》い目つきで、僕を間近《まぢか》で見つめてきた。

すると彼女の目が赤、青、緑と色を変える。鑑定とやらをしているようだ。

しばらくするとマリーは王様のもとに戻り、ひそひそと耳元で何かを囁《ささや》いた。

「何！　それは本当か」

王様が叫ぶ。やはり何かの間違いがあったのだろうと察して、僕はため息をつく。

「あの者は何も持っていない、役立たずだと申すか！」

「はい」

王様達の話している内容に、愕然《がくぜん》とする思いで僕は俯《うつむ》いた。

そうだ、運の悪い僕が、人々から慕《した》われる勇者になんて選ばれるわけがない。

「では、この者は何故《なぜ》ここに」

「それは本人に聞いてみましょう」

マリーは再び僕の前まで歩いてきて、俯いている僕の顎《あご》を掴《つか》んで顔を上げさせる。

「あなた、ここに来る前は何をしていたの？」

「……誰かに財布を盗《と》られて、取り返そうと追いかけたんだ。そしたらここに」

「そうですか……王様、残念ですが、やはりこの者は無関係です。この者が追いかけていたという別人が、勇者だったようですね。恐らく召喚の魔法陣が発動した一瞬、本人がその地点にいなかったために、一番近かった人間が送られてきたのでしょう」

知らなくてもいいような残酷《ざんこく》な事実を突きつけられた。

まさかあの盗人《ぬすっと》が勇者で、僕はただの巻き込まれだったなんて。僕、これからどうなるんだ。

◇

僕は固唾《かたず》を呑《の》んで事の経過を待っていた。

あの後、マリーと王様がまたひそひそと話をして、僕は兵士達にこの個室へと連《つ》れてこられたのだ。以降、ずっと閉じ込められたままでいる。

「これからどうなるんだ。何も知らない世界でチートもないなんて……」

こういう異世界召喚ものでは、普通は何かしらのチートが用意されるものだと思っていたんだけど、自分の運のなさに嫌気《いやけ》が差す。

あのマリーとかいう超絶《ちょうぜつ》美人は僕を鑑定した後、何も持っていないと断言《だんげん》した。

僕が読んでいたラノベでは、チート能力を得られなかった異世界人は、必ずと言っていいほど追い出される。たぶん、僕もそうなるだろう。

そうなる前に、自分が本当に何も持っていないのか確認しておきたい。

「あーあ、異世界チートなんて夢だったのかなあ……折角《せっかく》なんだから何か出てくれよ！

そうだ。ラノベでは確か……ステータスオープン！」

ラノベの知識がどこまで通用するかわからないけど、試《ため》しに叫んでみた。

すると本当に出た。目の前に、ホログラムのようにしてステータス画面が現れる。

レン　コヒナタ
レベル　1
【HP《体力》】40　【MP《魔力》】30
【STR《筋力》】9　【VIT《生命力》】8
【DEX《命中性》】8　【AGI《敏捷性》】11
【INT《知力》】7　【MND《精神力》】7

レベルが1なのはまあいいや。他のパラメータも、0とか1がないのはありがたい。

でも他人のステータスを見ていないから、これで高いのか低いのかわからないな。

となると、肝心《かんじん》なのはスキルだ。何かチートはないのか！　チートは。

僕はスキル欄《らん》に目を移すが、何も表示されていない。

「やっぱり何も見えない……でもおかしいな。何もないにしては枠《わく》がでかいような……」

ステータスの欄に比べて、スキル欄は不自然なほど空白《くうはく》の部分が広かった。

そこで僕はふと、ホームページなんかでよく、ネタバレだからと文字と背景の色が同じにされている例を思い出した。

その直感は合っていたようだ。目を凝《こ》らして、改めてスキル欄を見てみると……。

スキル
アイテムボックス【無限】　鍛冶《かじ》の王【E】
採掘《さいくつ》の王【E】　採取《さいしゅ》の王【E】

「あったあった。スキルだ！　チートかどうかはともかく〝王〟なんてついてるし、相当なものじゃないかな。まあ、戦いじゃなくて明らかに製作系だけどね」

監禁《かんきん》されている身なので大声は出さないようにしつつも、僕は感動を隠《かく》せない。

日本では不運なことばかりだったが、こっちでは違うようだ。

さて、スキルがあるとわかったのはいいが、これを使って快適に異世界で暮《く》らすためには、今のままではまずい。

勇者を召喚したということはたぶん、魔王かそれに準ずる何かがいて、その戦いに巻き込まれる恐れがあるからだ。

まあ、国家同士の戦争という可能性もあるけど……どちらにしても戦闘なんて僕はまっぴらです。

「このまま、スキルは隠そう。綺麗《きれい》なバラには棘《とげ》があるとかいうしな」

誰の格言かわからないけどそんなことを聞いた気がするので、マリーという美人には警《けい》戒《かい》しておくことにしよう。えこ贔屓《ひいき》なんてしません。そもそも僕は、モテないしね。

そんなことを考えていたら、マリーが兵士を連れて現れた。

「残念ですが、あなたにはこの城から出ていってもらいます」

「えっ！　そんな、僕はこの世界でどうやって暮らせば……」

僕は心にもないことを言って、怯《おび》えるふりをする。

やった、このまま外に出してくれれば自由な生活ができるぞ！

「あなたの今後なんて知りません。まったく、苦労して魔石を集めて、やっと召喚ができたというのに何故あなたのような……さあお前達、この者を城から摘《つま》み出してちょうだい」

「ハッ！」

「ちょ、流石《さすが》にお金も何もないままは困りますって。路頭《ろとう》に迷《まよ》って野垂《のた》れ死にますよ」

追い出されてもいいとは思ったけど、いくら何でも無一文《むいちもん》で着の身着のままというのは想定外だ。だが僕が今更《いまさら》何を言っても無駄らしい。

「だから、あなたの今後なんて知りません。こちらは戦力が揃《そろ》わなくてイライラしているのですから、この場で殺されないだけいいと思いなさい！」

苛立《いらだ》った様子で、マリーは部屋から出ていった。

マリーがいなくなった後、兵士達は一つため息をついて、僕を城の外へと連行していく。

するとと城門に着いたところで、兵士の一人が僕に歩み寄ってきた。

「あんたには悪いが命令なんでな……これは俺からの情けだ。取っておけ」

そう言って、彼はこっそり僕の手に硬貨《こうか》を握《にぎ》らせる。

「え？　ありがとう、良い人ですね。お名前を聞いても……？」

「ん？　ああ、俺はエイハブだ。なに、あんたのこれからを考えたら不憫《ふびん》に思っちまっただけだ」

エイハブと名乗ったその兵士は、三十歳くらいのイケメンおじさんだった。よく見ると他の兵士も明らかに美形が多く、この異世界にはイケメンしかいないのかと思うほどだった。

「この後、僕はどこへ行けばいいんでしょうか？」

「そうだな。生きていくにはまず金が必要になる。何かしら仕事をしなくちゃダメだろうな。勇者じゃないにしても、冒険者になればいいんじゃないか？　新人でも街から出ずにやれる仕事はあるしな。大体掃除とかの雑用だろうが、飯代くらいにはなるさ」

「そうですか……とりあえず、それしかないですよね」

お金の基準《きじゅん》も世の中の仕組みもわからないので、ひとまず定番の冒険者ギルドにいって色々聞くしかないな。

「エイハブさん、ありがとうございます。王女様や王様は不親切でしたけど、良い人もいるってわかって良かったです」

「王族や貴族以外は大抵良い奴ばかりだよ。あまり気にしないでくれ。俺も異世界人と話せて良かった。頑張《がんば》れよ、生きていればいいこともあるさ」

別れ際《ぎわ》に深くお辞儀《じぎ》をしてお礼を言うと、エイハブさんが温かい言葉をかけてくれた。

優《やさ》しい彼に比べてマリーなんて、勝手に召喚しといてあなたの今後なんて知りません、だもんな。あの性悪《しょうわる》女、雷にでも打たれてしまえ。

とはいえ、他人の不幸を願っていてもしょうがないので、エイハブさんに言われた通り冒険者ギルドへ向かうことにした。

王城は丘の上に建《た》っていた。城門からまっすぐ坂を下っていくと辺りはすぐ城下町になり、やがて噴水《ふんすい》広場に出る。冒険者ギルドはその広場に面して建っていた。

文字や言葉は召喚時に補正《ほせい》がついたのか、すんなり読めて話せるみたいだ。街の名前は、テリアエリンというらしい。

よかった、流石に金なし言葉なしでは詰《つ》むところだった。流石は勇者召喚というべきかな。

僕は観音開《かんのんびら》きの扉を開けて冒険者ギルドに入った。中には横に長い受付があって、三人の受付係が座っている。

折角なので一番好みの女性のもとへ向かった。僕より少しだけ年上な印象の、サラサラ長髪の金髪さんです。とても美しい。

でも、さっき決めた通り贔屓《ひいき》はしない。美人局《つつもたせ》とかハニートラップなんて引っかからないぞ。

「こんにちは。ご用件は何ですか？」

「初めまして。冒険者登録をしたくて来たんですけど、僕みたいな人でも大丈夫ですか？」

「えっと、変わった服を着ているんですね……。だけど大丈夫ですよ。冒険者登録は誰でもできますから」

そう、僕は召喚された時のまま、背広を着ていたので実はかなり浮いていた。

だけどこの美人な受付係さんはそれを気にも留《と》めず、すっごい笑顔で対応してくれた。

やばい、さっそく惚《ほ》れそうです。

丁寧《ていねい》な案内に従《したが》って冒険者登録を済ませ、あっという間に冒険者カードをゲット。ランクはFランクと書いてあった。

「では、レンさん。ランクの説明をしますね。冒険者と依頼にはそれぞれにF、E、D、C、B、A、Sとランクがあります。基本的には自分と同じか一つ上くらいのランクの依頼をこなすものだと思ってください。依頼を複数こなせば昇格《しょうかく》できます」

「結構シンプルなんですね……Sランクとかになったら凄《すご》そうだ」

「現在Sランクの冒険者は存在しませんが、Sランクの依頼はあります。これは国の要請《ようせい》で出されるものが大半ですね」

なるほど、国の一大事がSランクの依頼ということか。

「これには、複数の冒険者が集まって対応しなくてはいけません。場合によってはFランクの人でも受けなければならないことがあります」

まるで軍の予備隊みたいな制度だけど、この世界の情勢はわりと安定しているんだろうか？

周りを見ると獣人などの変わった種族の人々も普通に生活しているようだし、国や種族の戦争はない世界なのかもしれない。

「あの木製の掲示板に貼《は》られた紙が依頼で、国からの要請は隣にあるガラスケースに入った掲示板に貼られます。今はありませんけど、他にも重要な依頼の場合はあちらに掲示されます」

説明を聞きながら僕は、とりあえず国からの依頼は当分見なくてもいいか、と思った。マリーとか王とかのために働くと思うと嫌だしね……。

「Fランクの依頼は街の掃除が大半ですが、どうしますか？　なりたての冒険者の方だと、ゴブリンなどの討伐《とうばつ》に行く人もいるようなんですが……」

「掃除！　やらせてください」

食い気味に僕は答える。なんと平和な仕事だろうか。逆に初手《しょて》からゴブリンは危険な香りがする。

「……そうですよね。武器になりそうなものを持ってないですしね」

ちょっと哀《あわ》れみの目で見られてしまった。でも、美人のそういう顔もいいと思います。

「えっと、じゃあこれとこれとこれで」

「え！　三つもやるんですか？」

「だって一軒家の庭と、お店の床と、あと排水溝《はいすいこう》の掃除ですよ。これなら夜までには終わるんじゃないかと」

「そうでしょうか？　こちらとしては助かりますが、依頼の失敗が続くと冒険者カードの剥奪《はくだつ》もありますので注意してくださいね。はい、依頼登録しました。行ってらっしゃい」

僕はお辞儀をして冒険者ギルドから出る。依頼を受けると場所がカードに登録され、ステータス画面のマップにも表示された。

これなら迷わずに依頼主のもとへ辿《たど》り着ける。こういうところは元の世界よりもハイテクだ。

◇

一件目の依頼は、とあるお宅の庭掃除。

ずっと中腰の作業だったので結構疲れた。だけどそんなに広い庭でもなく、作業自体は簡単だったので一時間もかからなかった。

報酬《ほうしゅう》と所要時間からして、どう考えてもゴブリンの討伐より割がいいんだけど……他の冒険者は、掃除というだけで嫌がって受けない、ということなんだろうか。

ちなみに依頼主はおばあちゃんで、息子さんも旦那《だんな》さんも亡《な》くしてしまったらしい。だから掃除にも手が回らなかったのだとか。話を聞いていて僕まで悲しくなってしまった。

この世界には戦争はないけど街の外は魔物がいて、ちょっと街道《かいどう》を外《はず》れると危険がいっぱいなんだってさ。何それ怖《こわ》い。

とりあえず、こうやって色んな人から話を聞いて、この世界のことを勉強しなくちゃいけないな。


依頼の報酬は、ギルドに行って報告しないともらえないシステムになっている。

なので、二件目にはおばあちゃんの家から直行。

こちらは飲食店をやっていたのだが、このお店の女将《おかみ》さんも旦那さんを亡くしていた。

僕よりは年上だけど、元の世界の基準で見たらかなりの美人さん……陰《かげ》のある雰囲気《ふんいき》に、図《はか》らずも少し惹《ひ》かれてしまう。

しかし、仕事モードの僕はせっせと床を掃除していく。その間、女将さんは厨房《ちゅうぼう》で仕込みをしていた。滴《したた》る汗が何とも言えない色気を……っていかんいかん！

そんな感じで一生懸命、煩悩《ぼんのう》を振り払いながら床掃除をしたら綺麗になった。モップはないので全部雑巾《ぞうきん》拭《ぶ》き。とても疲れました。

でも、大げさなほど感謝されたので悪い気はしなかった。

そして、三件目の依頼。

ギルドから坂を少し上った辺りにある家だった。坂を利用した排水溝があり、そこに落ち葉やゴミが詰まってしまったらしい。

なんと、ここでも依頼主は旦那さんを亡くした女性。

何なんだこの街は……この世界の男は結婚すると死んじゃうのか？　だとしたらあまりにも報《むく》われない世界だ。わけがわかりません。

色々と邪推《じゃすい》してしまうけど、今は仕事モードにスイッチオン！　黙々《もくもく》と排水溝を掃除します。

排水溝が詰まると、雨水が溢《あふ》れるだけでなく臭《にお》いが凄いことになってしまうという。

今日はまだヘドロみたいにはなっていなかったけど、大変だなあ……。元いた世界なら下水は地下に行くけど、こっちの世界はそういう技術はなさそうだもんな。しみじみ地球の文明が恋しい。

ともあれ三件目もトラブルなく終わった。

さて報酬だ。日が傾《かたむ》き始めた頃に冒険者ギルドに帰り着き、さっきの受付のお姉さんのもとへ。

「え？　本当に終わったんですか？」

「はい、カードで確認してください」

三件それぞれで依頼主に認印をもらったカードを渡す。受付のお姉さんが、魔法陣の描《えが》かれた板に接触《せっしょく》させて記録を確かめていた。まるで駅の改札みたいだ。

「確かに、依頼完了ですね。お疲れ様でした！　こちらが報酬です」

受付のお姉さんは僕に革袋を三つ差し出してきた。その中には銅貨と思われるコインが入っている。

「三件分で銅貨70枚ですね。袋は一つにまとめますか？」

「じゃあ、お願いします。あの、それで……お恥《は》ずかしいんですが、これはどのくらいの価値のものなんですか？」

「え？」

うーん、この歳《とし》でお金の価値を聞くのは最高に恥ずかしい。だってこの世界では常識だもんね。田舎者《いなかもの》以下の質問だよな……。

でも、受付のお姉さんのびっくりした顔と呆《あき》れ顔はとてもいいものでした。

「あー、もしかして、エルリックの国の方ですか？　あちらは少し変わった制度を使用していますからね。わからないのも無理はないですよね」

「……は、はい」

そう言われたらハイと答えるしかありません。

「そうだったんですね。ではその服もエルリックで流行《はや》っているのですか？　良くお似合いで、カッコいいと思っていたんです」

「あ、ありがとうございます……」

浮くばかりだと思っていた背広は、意外にもカッコいい括《くく》りに入るらしい。

「この硬貨は、世界中で発行されているものです。鉄貨、銅貨、銀貨、金貨、それに白金貨と位《くらい》が上がります。鉄貨1枚で1リル、銅貨1枚で10リルの価値があります。リルというのも、世界共通の通貨単位で……あ、これは知ってますよね」

「……はい」

もちろん初耳だ。

「あとは銅貨100枚で銀貨1枚、銀貨100枚で金貨1枚、というレートになっています。硬貨の枚数が多くなると、両替したり、小切手にする場合が多いですね」

受付のお姉さんの説明に頷《うなず》きつつも、僕は元の世界の知識から順応するのに精一杯《せいいっぱい》だった。

「まあ、中にはアイテムボックスというスキルや、同等の魔道具が存在して、全部現金で持ち歩ける場合もあるんですが例外ですね。そのほとんどは王族が保有しています。これはアイテムボックスを使う人がいると、大量の硬貨が一気に市場からなくなったり、その逆が起きたりして混乱を招《まね》くからだそうです」

まあ、確かにいくらでも入る袋はみんな欲しいよね。銀行口座とか電子マネーみたいなものだし……って、僕もアイテムボックス持ってるんだった。あまり表立って言わない方が良さそうだ。

とりあえず、お金の価値と単位はわかった。これで異世界チュートリアル終了、ってところかな。

「続けて他の依頼を受けられますか？」

「そうしてもいいんですけど、そろそろ泊まる所を確保したくて」

「なるほど。今日の報酬くらいですと、素泊《すど》まり一晩といったところですが……」

ふむ、ご飯なしはちょっときついな。

「ご飯付きだといくらの宿屋がありますか？」

「そうですね、大体銀貨1枚あれば足《た》りるかと……朝晩二食付きのところもありますよ。紹介しましょうか？」

「ぜひ！」

僕が食い気味に言うと、受付のお姉さんは頬《ほお》を赤くして少し後ずさる。

その後、冒険者カードに宿屋の住所を登録してもらい、結局もう一件別の掃除依頼を受けてから、冒険者ギルドを後にした。

第二話　王のスキル

ギルドから坂を下って、目的の宿屋に向かう。

テリアエリンの街は小高い丘を覆《おお》うように築《きず》かれていて、下に行くほど階級も下がっていくらしい。

といっても最下層でもそこまで街並みに変化はなく、あまり差は感じなかった。

王やマリーはあんな人達だったが、一般市民は違うらしく、差別や迫害《はくがい》もないように見える。

しかし、流石にこれだけ大きい街だと家や仕事のない人も出てくるみたいで、少し路地《ろじ》裏《うら》を覗《のぞ》けば座り込んでいる子供やゴミを漁《あさ》っている人がいた。あまり見たくない光景である。

紹介された宿屋は一階が食堂になっていて、予想していたより綺麗な外観《がいかん》だった。一番安いと聞いていたのだけど、単に立地が街の中心から遠いからというだけみたいだ。

扉を開くと、幼女が迎《むか》えてくれた。僕を見ると近づいてきて、手を引っ張り受付っぽいカウンターの前に連れていく。

「おかあさ〜ん」

「はいはい、どうしたのルル？　ってお客さんかい？」

召喚されて良かったことの一つかもしれないが、女将さんはまたも美人だった。少し恰幅《かっぷく》はいいが懐《ふところ》の広そうな、僕のストライクゾーンを外れないお方である。

「すみません、一晩泊まりたいんですけど」

「はいよ。泊まるだけなら銅貨60枚だけど、朝晩二食付きで銅貨80枚だよ」

「それが、手持ちが心許《こころもと》なくて。今から依頼を済ませてくるので、予約だけってできます？」

「ははは、お客さん面白《おもしろ》いね。うちは予約なんかしなくたって泊まれるよ。でも、わかった。少しくらいお金が足りなくても来てくんな。その時は、素泊まりの料金で朝晩つけてあげるよ」

女将さんは豪快《ごうかい》に笑ってそう言ってくれた。やっぱりここでも街の人は優しい印象を受ける。しかし、受付や厨房に他の人の姿はない。もしかしてここも旦那さんが……？

「おきゃくさん、またくるの？」

「ああ、ちょっと働いてくるんだ。それが終わったら、ここに泊めてもらうから待っててね」

「うん、わかった～」

ルルちゃんという娘さんの頭を撫《な》でてあげると、気持ちよさそうに目を細めていた。

小さい子って本当に癒《いや》しをくれるなあ……。いや、別にロリコンではないけども。

「すみません、申し遅《おく》れました。僕はレンといいます」

「私はネネ、この宿屋は【龍の寝床亭】だよ。この子はさっき聞いたろうけど、ルルね」

女将さんはルルちゃんの両肩に手を置きながら、名前を教えてくれた。

さて、日が暮れる前に依頼を済ませてこよう。


四件目の依頼場所は、噴水広場の冒険者ギルドの近く。

依頼主の家は、見事な庭園のあるお屋敷だった。

家の扉をノックすると、メイド服の女性が出てきて案内してくれた。

髪型はポニーテール、少し大人《おとな》びたクールな表情で、これまた美人でございます。

掃除を頼《たの》まれたのは、庭園にあるブドウ畑だった。みっしりと垣根《かきね》のように木が生《お》い茂《しげ》り、大粒《おおつぶ》の実がなっている。

「今は庭師に休暇《きゅうか》を取らせていて、代わりの者が畑を管理していたんですが、どうも土に掛ける魔法の加減を間違えたようで……」

「なるほど」

こんな立派なお屋敷で掃除の依頼なんて変だなあと思ったら、そういうことか。

どこから手を付けようか迷ったが、とりあえず豊作過ぎて地面に落ちてしまっているブドウを拾い、籠《かご》に入れていくことにした。

すると一房《ひとふさ》拾い上げた瞬間、耳慣れない声が頭に響《ひび》いた。

（【採取の王】のレベルが上がりました【E】→【D】）

「え？」

何が起こった？　僕はブドウを拾っただけだ。それも落ちていたものだから、収穫《しゅうかく》したわけでもない。

「どうしました？」

無表情のまま、メイドさんが僕を見て首を傾《かし》げている。

今のシステム音声みたいな声は、僕にしか聞こえなかったみたいだ。後で確認するとして、とりあえず今は依頼を済ませよう。

「すみません、何でもないです。ブドウの回収だけで大丈夫ですか？」

「あ、できれば雑草も抜いていただけると助かります。落ちてしまったブドウもまだ捨てないので、雑草とは分けておいてくださいね」

むむ、もしやブドウはお酒とかにするのかな。もしそうなら飲んでみたいな……。

大粒のブドウを眺《なが》めていると、そんな雑念《ざつねん》が湧いてしまった。

今日のお宿のためにもよっこらせ、なんて心の中で歌って掃除していたら、一時間ほどで終わった。

これで銅貨40枚とは……つくづく、他の冒険者達は何故やらないんだと疑問に思う。

映画みたいに呪文一つで片付けや掃除ができる魔法はないみたいだし、確かに多くの人は面倒だと思うのかもしれないけど、僕としては、これで仕事になるなら全然構わない。

汗を拭いてメイドさんのもとに報告に行くと、彼女は「お礼です」と僕に綺麗なブドウをまるごと一房くれた。

何だか悪いと思ったけど、メイドさんは有無を言わさず押し付けてくる勢いだし、それを断《ことわ》れるほど僕も強くない。結局ありがたく受け取ることにした。

でも、なんであんなに押しが強かったんだろう？　渡してくる距離もやたら近かった気がする。表情がクールなお方なので心が読めません。

その後、お腹《なか》は減《へ》っていたけどすぐに冒険者ギルドに立ち寄り、報酬を受け取った。

宿に向かう頃には、すっかり日が落ちていた。

この世界も、どうやら四季はあるらしい。街路樹《がいろじゅ》の落ち葉から察するに秋口くらいなのかな。

ということは、そう遠くないうちに冬がやってくる可能性が高い。やばいね。

今のうちにお金を稼《かせ》いで、衣食住を整《ととの》えておかないと悲惨《ひさん》なことになりそうだ。冬に路上で暮らすなんて考えたくもない。

そうして今後を憂《うれ》いているうちに【龍の寝床亭】に着いた。僕が扉を開くと、ルルちゃんが迎えてくれる。

可愛《かわい》過ぎるので高い高いをしてあげたら、とても喜んでくれました。

「おかえり。悪いね、相手してもらっちゃって。亭主がいた頃はあの人が遊んでたんだけどね」

夕食の支度《したく》をしてくれていたらしいネネさんが、厨房から出てくる。

やっぱり旦那さんがいないだと！　この街の男どもはどんだけ危険な生き方をしてるんだ。でもその謎《なぞ》を聞く度胸《どきょう》はないので笑顔で通す。

「あら、荷物はそれだけかい？　ずいぶん少ないね」

「まあ、色々ありまして」

召喚された時、僕は財布とスマホしか持っていなかった。財布は盗《ぬす》まれて、スマホは電源を切ったままポケットの中。鞄《かばん》は公園のベンチに置いてきちゃったんだよね。

そして手には銅貨の入った袋と、いただいてきたブドウだけなので、まあ実質それだけが荷物だ。

「あ、そうだ。このブドウ、依頼先でお礼にもらってきたんですけど、いりませんか？」

「いいのかい？　ありがとう、ご飯代はまけさせてもらうよ」

「え！　いやいや、いただき物ですし悪いですよ！」

そんなつもりはなかったんだけど、ネネさんはいいのいいのと手を振って笑った。美味《おい》しそうだからご飯の後にみんなで食べようってさ。なんて良い人なんだ。

「しかし、レン。あんた……変わった服を着ているね。カッコいいけど、動きにくいんじゃないのかい？」

「別に走ったり跳《と》んだりはしないし、それほど悪くないですよ。水も弾《はじ》く高性能スーツですし」

ネネさんは「そうなのかい？」と首を傾げて、厨房に戻っていった。ルルちゃんもそれを真似《まね》して首を傾げた後、ネネさんの後を追いかけていく。

なんとも微笑《ほほえ》ましい親子だった。

◇

ネネさんに出してもらった食事（とブドウ）をいただいた後、自室に向かう。

さっきのシステム音声も気になるし、明日からどうするかも考えなくてはいけない。

ひとまずステータスを確認して、何かやれることがないか探《さぐ》ることにした。

「ステータスオープン」

レン　コヒナタ
レベル　1

【HP】40　【MP】30
【STR】9　【VIT】8
【DEX】8　【AGI】11
【INT】7　【MND】7

スキル
アイテムボックス【無限】　　鍛冶の王【E】
採掘の王【E】　　採取の王【D】

まずあの「E↓D」というシステム音声は、やっぱりスキルのレベルアップを告《つ》げていたみたいだ。その辺のものを拾っただけでも、スキルを使った扱《あつか》いになっているのか。

そこまで考えて、ふとアイテムボックスが気になった。

受付のお姉さんの話を聞いたのもあって、人前でアイテムボックスを使うのは避《さ》けていた。特に何を収納した覚えもないので、空《から》っぽのはずだけど……。

「アイテムボックスオープン」

ステータス画面の横に、新《あら》たに小さなウィンドウが開いた。

――何も入ってないはずのボックス内には、大量のアイテムが入っていた。

【世界樹の葉】１７０　　【世界樹の枝】95
【清《きよ》らかな水】２５０（瓶入り）　　【清らかなブドウ】20
【砂金】３００

何だこれ？　どういうこと。誰かおせえて！

といっても天の声は舞い降りないので、自分で考えるしかない。落ち着いて思い出してみよう。

今日、僕がしたことは何だ？　庭、排水溝、ブドウ畑の掃除。確かに、葉っぱや水やブドウがあったエリアではある。

しかし、わからん。何で〝世界樹〟とか〝清らか〟とかの肩書きがついているんだ？

それに砂金に至《いた》っては、排水溝の泥《どろ》とか畑の土を掬《すく》った程度で、金自体を見た覚えはないぞ。

「採取の王が仕事をした……ってことかな？」

自分の手で回収した物の、上位互換《ごかん》アイテムが採取できるスキル、としか考えられない。

ゴミは捨てたし、ブドウも分別して依頼人に渡したけど、それらが採取されたことになっているのか。

これが本当なら凄いことだけど、グレード上がり過ぎじゃないか？

だって〝世界樹〟だぞ。少しでもRPGやファンタジーに触《ふ》れた人なら、誰しも聞き覚えがあるだろう。葉をすり潰《つぶ》したり、煎《せん》じたりして飲ませれば死者でも復活しそうだ。

「砂金があるなら鍛冶の王も使ってみたいけど、ある意味怖いな」

採取の王がこれだけのチートとなると、鍛冶の王もそれに近いスキルの可能性がある。

金の上位品ってプラチナ？　お金の心配なんていらなくなりそうだ。

……いやいや、そんな楽観視《らっかんし》している場合じゃない。誰かに知られたら命の危険がある。早いうちに身を守るものを作った方がいいかもしれないな。

よし、明日は鍛冶できる場所を探《さが》そう。

「砂金かあ……今まで見たこともなかったよ」

小市民な僕はアイテムボックスから砂金を取り出して、しげしげと眺める。

ちょっと力を入れたら、予想以上の柔《やわ》らかさで粘土《ねんど》みたいだった。

面白いのでずっと指先でコネコネしていたら、何故か金色が剥《は》がれてきた。

「あれ？　なんだ偽物《にせもの》か……良かったような悔《くや》しいような」

ある程度柔らかい金属だとは聞いていたけど、流石にここまで柔らかいわけがないよね。

でも、子供の頃持っていた練《ね》り消しなんかと一緒で、こねるのは何となく気持ちいい。

偽物でもまあいっかと思い、続けていると……。

「あーあ、白くなってきちゃった……ん？」

指先の金属が、おかしな感触《かんしょく》に変わる。粘土みたいだったのが少し固くなって、さらに輝きが強くなった。

「何かがおかしい……鑑定ってできないのかな？」

とか思っていると、またあの音声が流れた。

（【鍛冶の王】の結合スキル、【鑑定】を使用します）

持っていないはずの鑑定が勝手に行われた。結合スキルなんて初めて聞いた。

そして画面に表示された鑑定結果に、僕は唖然《あぜん》とする。

【オリハルコン】

「はい？」

開いた口が塞《ふさ》がらない。もうこの際、金を簡単にこねられてしまったことはいいとして、なんでそれだけでオリハルコンになるんだ。

「こねることが〝鍛冶〟になってるのか……？　いや違うな、鍛冶の王で触《さわ》った金属が、上位互換されるのか。この調子だと採掘の王もそんな感じなのかも」

今度、石でも叩いてみるか。もちろん、誰もいないところでね。

「とりあえず、何か小さいものでも作ってみようかな。粘土みたいに扱えるからリングとか？　逆に刃物なんかはこの柔らかさじゃ無理だろうし。鍛冶道具をどこかで借りれないか調《しら》べないとなー」

ゆくゆくは討伐系の依頼も受ける予定だから、武器や防具も必要になる。

「さてさて、何が出るかな」

テーブルの上に砂金を百粒ほど出して工作。指輪と腕輪とネックレスを作ってみた。

ネックレスは螺旋《らせん》を描いた感じのデザインになって、なかなか傑作《けっさく》っぽくなったぞ。

腕輪と指輪は普通のリング型だけど、アイテムとしては結構上位なようです。

【オリハルコンの腕輪】　ＶＩＴ＋３００
【オリハルコンの指輪】　ＶＩＴ＋３００
【オリハルコンのネックレス】　ＳＴＲ＋２００　ＶＩＴ＋５００

単純な造形からは想像もできない能力値アップである。

ただ、まだ僕もこの世界のステータスの水準を知らないので迂闊《うかつ》に喜べない。今は大抵のパラメータが一桁《ひとけた》だけど、レベルが上がった後の数値次第ではガラクタになりかねないからだ。

それでも、場合によってはこの世界ではあり得ない数値のＶＩＴを手に入れた可能性がある。

「とんでもないね」

チートではないかもなんて思ってたら、すっごいチートだった。

ごめんよ王スキル三人組。これからは侮《あなど》りません。

◇

翌日、身支度《みじたく》を整えてギルドに向かう。

「おはようございます」

「ああ、レンさん。おはようございます。今日もお掃除しますか？」

目立つ服を着ているからか、受付のお姉さんは僕を覚えてくれていた。

「はい、ぜひ。ちょっと今日は鍛冶屋さんからの依頼を探してるんですが……」

「鍛冶屋……大丈夫ですか？　掃除の依頼でも、鍛冶屋だと特にきつくて実入りが少ないですけど」

「大丈夫です」

今日は朝から働けるので、めいっぱいやっていくぞ。

まずは、鍛冶屋の掃除の依頼を受けて、鍛冶場を使わせてもらえないか交渉《こうしょう》するのが目標。

もし利用料が必要になったら、結局宿代をまけてもらって余った銅貨もあるし、何とかなるだろう。砂金を出せば一発だと思うけど、まだ表に出すのは怖い。

そして行きがけに、手ごろな肩掛けの鞄を買った。

アイテムボックスがあるから僕自身は手ぶらでいいんだけど、ボックスの中のものを出す時にどうしても不自然なので、外見だけでも装《よそお》えるようにと思ったのだ。

これで砂金を出そうが何を出そうが、鞄の中から取り出した風にできるのでひとまず問題ない。

ということでやってきました、鍛冶屋さん。作った武器や防具もここで売っているみたいだ。

扉が開きっぱなしだったのでそのまま入ると、オーバーオール姿のお姉さんが店番をしていた。頬杖《ほおづえ》をついて、何やらふて腐《くさ》れている様子。

「おはようございます。冒険者ギルドの依頼を受けて来ました」

僕が挨拶《あいさつ》すると、お姉さんは立ち上がって僕の腕を掴み、無言で地下に引っ張っていった。ちょっとびっくりしたけど、どうも僕に怒っている風ではなさそうなので黙《だま》ってついていく。

地下の工房へと階段を下りていく間に、さっそく熱を感じた。

外から見た時にはちゃんと建物に煙突《えんとつ》があったのだけど、それだけでは熱を排出《はいしゅつ》しきれずにこっちからも熱が昇《のぼ》ってきているようだ。

工房に着くと、そこにはファンタジー世界の常連、ドワーフのお爺《じい》さんがいた。赤熱した剣を、ハンマーで叩いている。

「おじい〜、掃除してくれるって冒険者が来たよ」

「あぁ、そうかい。じゃあ煙突を掃除させてくれ。早《はよ》う排気《はいき》せんと、剣に悪い熱が移りそうじゃ！」

僕の顔も見ずにそう言ったドワーフさん。不愛想《ぶあいそう》なお爺さんといった感じか。

まあ、ドワーフはよく鍛冶にしか興味がないとか言われてるし、それほど気にならない。

先入観《せんにゅうかん》があって逆に良かった。

ということでその辺にあったブラシを借りて、地下の熱を逃がすための煙突を掃除します。

暖炉《だんろ》のような床から伸《の》びる煙突と違い、換気扇《かんきせん》みたいに天井から出ている。下から掃除するのは難《むずか》しそうだったので、一度建物の外に出て、煙突についているハシゴを伝って上っていった。

気のせいか昨日より体が軽く、意外と余裕だね。装備《そうび》によるステータスアップが影響していそうだ。

てっぺんまで上がると、陽の光が目に刺さる。

「眩《まぶ》しい……結構高いなー」

丘陵《きゅうりょう》に沿《そ》って作られた街が、朝日に照《て》らされているのがよく見える。

しばらく景色に目を奪《うば》われてしまったが、気を取り直してブラシで上から掃除していく。

煤《すす》汚《よご》れは結構頑固《がんこ》だけど、洗剤なんてないので水で流すしかない。

……水か、そうだ！　アイテムボックスの清らかな水を使えば、掃除も楽じゃないのか？

僕はボックスから、瓶に入った清らかな水を取り出した。

適当に汚れにぶちまけると、みるみる落ちていく。真っ白とはいかないが、ブラシをかければそれなりになる。普通の水ではこうはいかないだろう。流石上位アイテム。

ちなみに瓶はまた別のことに使えそうなのでボックスに戻した。たぶん、これだけ造《つく》りの良い瓶なら売れるだろうからね。

かなりの時間を費《つい》やすと思われた煙突掃除も、清らかな水のおかげであっという間に終わった。

「お兄さん、凄いね。掃除マスター？　煙突掃除はこんなに早く終わらないよ、普通」

オーバーオールのお姉さんは感心して僕を見る。さっきはふて腐れていただけに、こうやって褒《ほ》められると気持ちが良いです。

ああ、そうだ。それよりも交渉をしなくちゃ。

「あの……鍛冶場をお貸しいただくことって、できます？」

「ん、お兄さん、鍛冶の志《こころざし》も持ってる感じ？　それならあっちの作業台を使っていいよ。ただ、掃除をしないと使えないけど」

なるほどね。その代わりタダなのかな？

「使用料とかはいらないから、素材は自分で用意してね。私は売ってあげてもいいんだけど、大体おじいが使う分だから、おじいに怒られる」

横目でお爺さんをちらりと見て、お姉さんは苦笑《くしょう》した。

「ありがとうございます！　素材は自分で用意できるので大丈夫です」

「――ふん、素人《しろうと》が鍛冶をやろうというのか。まったく、若いもんはそうやって軽々しく考えるからいかん」

鍛冶という言葉に反応したドワーフのお爺さんが、何やら不満を述べつつ振り向いた。

すると突然目を丸くして、僕をまじまじと見る。空想の存在だと思っていたドワーフを間近で見られて感動だけど、ソッチの気はないので無反応を貫《つらぬ》いておこう。

「おぬし……なるほど」

何かに納得したように頷くと、お爺さんはまた鍛冶の作業に戻った。

何がなるほどなのかわからないけど、まあいいか。次の掃除とご飯を済ませて、また戻ってこよう。

「ふ～ん、おじいが一目見ただけで使うのを許すなんてね。相当気に入られてるよ、君」

「そうなんですか？」

工房を後にして階段を上る間、お姉さんはそう言ってきた。

「細い腕だし、普通の冒険者には見えない格好だし、私にはわからないな〜。でも、これからちょくちょく来るってことなら、ちゃんと自己紹介しておこうかな」

受付まで戻ると、お姉さんは僕に向き直った。

「私はこの鍛冶屋【龍剣】のオーナー、ガッツおじいの孫《まご》のエレナだよ。おとうもおかあも死んじゃってるから、おじいだけが私の肉親なの」

「そ、そうなんだね……僕はレン・コヒナタ。レンって呼んでください」

いきなり結構重たい境遇《きょうぐう》を聞いた気がするけど、流して普通に自己紹介を返した。

もし彼女があえて明るく言ったのなら、ここで僕が暗くなってしまうのは良くない。

後でまた来ますと伝えて、僕は【龍剣】を出た。

最初は昼食を挟《はさ》んでから次の依頼場所に行こうと思ってたけど……まだ時間があるし、昼食の前に依頼を済ませてきちゃおうかな。

◇

「あ〜、仕事の後の食事は美味しいなあ……」

【龍の寝床亭】に帰り着いて、昼食をいただいている。

二件目の依頼先は、昨日最初の庭掃除をしたおばあちゃんの家だった。今度は新調《しんちょう》した家具の運《はこ》び込みをやったんだけど、「また来てくれたのかい」って喜んでくれたのが嬉《うれ》しかった。

何だかこの世界に、自分の居場所ができたような感覚になるけど、まあ、まだこれからだよね。

ともあれお金を稼いだおかげで、こうしてご飯にありつけるわけだ。

ちなみに食事はビーフシチューならぬ、オークシチュー。パンを浸《ひた》して食べています。

オークとの初対面がこんな形になるとは思わなかったけど、やはりこの世界にもああいうモンスターはいるみたいだ。

食べた感じは、鶏肉のように噛《か》み切りやすい豚肉といったところ。脂身があるので旨味《うまみ》も抜群《ばつぐん》。

「美味しそうに食べるねえ。作った甲斐《かい》があるよ」

「お兄ちゃん面白ーい」

涙を流して食べている僕を見て、ネネさんとルルちゃんが笑っている。でも、本当に美味しいんだからしょうがない。なのに何でこの宿屋は繁盛《はんじょう》していないんだろう？

「食事もベッドもいいのに、何でこんなに空《す》いているんですか？」

「まあ、一番街の外れにある宿屋だからね……みんな中心部の、高い所からの景色が好きなのさ」

笑ってはいるけど、ネネさんは俯いていた。その姿を見るとやっぱり、何か手助けできないものかと思ってしまう。

「昨日のブドウ、まだあるんですけど、いりませんか？」

僕はアイテムボックスにあった〝清らかなブドウ〟をネネさんに向かって差し出した。

ネネさんは一瞬嬉しそうにしたけど、またタダで貰《もら》ってしまうのは悪い、と言って遠慮《えんりょ》する。

「じゃあ、僕の今日の宿代ということでどうでしょうか？」

「……いいのかい？　昨日もらったものより上物《じょうもの》みたいだし……たぶん、市場で売れば銀貨１枚は下らないと思うよ」

ええ！　そんなに高いの？　流石、料理上手のネネさんだ。食材のことはよくわかるみたい。

だが僕も男だ。一度出したアイテムは戻さない！

「いいんですよ。貰い物ですから」

正直《しょうじき》に言えば、貰い物ですらないのだ。拾ったブドウも、それはそれで籠に入れていたわけだし。

なのにアイテムボックスには同じ数だけ、ブドウの上位品が入っている。

簡単に言えば二倍アイテムを拾っているということ。人にあげても僕に何の損《そん》もないのである。

「本当にいいのかい？」

「えっと、そこはネネさんにお任《まか》せします」

「はは、ありがとうね。じゃあ、今度はブドウエールでも作るかね」

ネネさんはそう言ってブドウを持って厨房に入っていった。

「お兄ちゃんありがと！」

ルルちゃんが抱《だ》きついてきた。僕的にはこれだけでブドウ代はチャラになる。でも、決してロリコンではない。

美味しいご飯を食べて、鍛冶屋に戻ってきた。

エレナさんは初めて会った時とは違い、とてもいい笑顔で迎えてくれた。

「おじいが褒めてたよ。あんなに早く終わったのに、最高の仕事をしていきやがったって」

エレナさんは指でガッツさんの太い眉《まゆ》を真似ながらそう言った。

真似した顔も可愛いな。こんなにお茶目な人だったのかと驚《おどろ》くばかりだ。

「来たか。ハンマーは息子の物を用意しておいた。使ってやってくれ」

「ええ⁉」

ガッツさんが渡してきたハンマーを見てエレナさんが驚いている。

息子さんの形見《かたみ》だと思われるハンマーは年季《ねんき》が入っていたが、とても綺麗だった。受け取っていいものか迷ってしまう。

「使っていいんですか？」

「道具ってやつは使わんと拗《す》ねるからな。こいつも本望《ほんもう》だろ」

僕の疑問にガッツさんは優しい笑顔で答えた。

何というか、恐縮《きょうしゅく》してしまうな。でも、期待してくれているみたいだし頑張ろう。

まだ驚いて戸惑《とまど》っているエレナさんをよそに、僕は鍛冶場の床や作業台を掃除していく。

ここで親子仲良く剣や防具を打っていたのかと思うと、少し感傷的《かんしょうてき》な気分になった。

掃除の要領《ようりょう》はさっきと一緒だ。清らかな水を全体に撒《ま》き、ゴシゴシとブラシで磨《みが》いていくだけ。

「わあ！　もう綺麗になってる」

しばらくして、様子を見に来たエレナさんが歓声を上げていた。それもそのはず、掃除技術の向上でさらに速くなったのだ――っていうのは嘘《うそ》で、鍛冶場での作業効率が鍛冶の王の効果で上がっているからだった。

さっきは煙突に上がっていたから気付かなかったけど、鍛冶場にいるとあらゆる作業が速くなっているみたい。

よし！　これで鍛冶の準備は完了。さあ、やるぞ。僕の鍛冶チート生活のスタートだ！

第三話　実績と経験を積《つ》みます

早速武器を製作する。

まずは、昨晩のうちにコネコネして砂金から変換しておいた、二百粒分のオリハルコン。取り出す時はちゃんと鞄から出しているので、エレナさんに見られても大丈夫。オリハルコンということには仰天《ぎょうてん》してたけど。

エレナさんの視線を感じつつ、僕はオリハルコンを金床《かなとこ》に載《の》せる。

お借りしたハンマーとヤットコ鋏《ばさみ》を使い、熱を与えつつ叩いていく。

僕も男の子として人並みに武器への興味は持っていたが、流石に剣を一から打つ知識はない。いわゆる日本刀というものなら三種の鉄を重《かさ》ねて打つらしいんだけど、今回はオリハルコンのみ。

仕方ないので、シミターみたいな片刃の薄い剣を目指したいと思います。

トンテンカンテン。何となくのやり方はわかるけど、打ったことは一度もないので見よう見まねで打っていく。

すると、数回打っただけで段々狙《ねら》い通りの形になってきた。多分、鍛冶の王がいい仕事をしているんじゃないだろうか。

何せ打つ時に出る光が、明らかに火のそれではなく青白いのだ。どう見ても、自分の実力以上のものができている。素人にこんな立派な武器は打てないよ。

と言っている間に剣ができ上がりました。

【オリハルコンのショートソード】ＳＴＲ＋５００　ＡＧＩ＋３００

シミターにしようと思ったんだけど、勝手にショートソードになってました。スキルのレベルが足りないのだろうか。

「うむ、思った通り凄い武器を打ちやがるな。儂《わし》の作るものをゆうに超《こ》えている」

気が付くと後ろにガッツさんが立っていた。そのまま隣へ歩いてきて、身震《みぶる》いしながら僕の剣を手に取る。

「オリハルコンということもあるが……なんという圧だ」

ガッツさんは剣から目を離《はな》せない様子。剣と一緒に僕の手も掴んでいるので動けません。

「おじい、レンが困ってるよ。放してあげて」

「おお、すまない。つい夢中になっちまってな」

ようやく放してくれた。エレナさんのお陰でウホッという展開にならずにすみました。

「しかし、オリハルコンなんぞ、どこで手に入れたんだ。儂も欲しいぞ」

「ちょっとした伝手《つて》で手に入りまして……」

まさか砂金から錬成《れんせい》しました、なんて答えるわけにはいかない。

「ふむ、言えないか。まあ、物が物だからな。仕方ないだろう。今度また、手に入ったら言い値で買うぞ」

「ちょっとおじい、オリハルコンを買えるほどの貯金《ちょきん》はないよ！」

「だが相当な貴重品《きちょうひん》だぞ。これで武器を作れば必ず高値《たかね》で売れる！」

止める間もなく、エレナさんとガッツさんが言い合いになってしまった。

オリハルコンの相場はインゴット一本で金貨10枚だという。

昨日、依頼の行き帰りに市場や商店で物価を見てきたけど、リンゴ一個で銅貨1枚くらいの相場だった。かなり雑な目算ではあるが、金貨10枚というと、元の世界で言うと高級車が一台買えてしまうくらいの値段になるのだ。

それを出してでも欲しいと思ってしまうほどの価値が、オリハルコンにあるということか。

「これからもお世話になると思いますし、余ったオリハルコンは差し上げますよ」

「何！　まだ持ってるのか！」

僕はアイテムボックスに残っていたオリハルコンを取り出す。あと五十粒くらいはある。短刀ほどの大きさしか作れないとは思うけど、他の金属と混ぜれば充分使えそうだ。

「この量なら盾の方がいいな。魔法伝達力がミスリルの倍……くっくっく」

ガッツさん、何かやばいスイッチが入っちゃいました。

「ごめんね。ああなっちゃうと止まらないから。それよりも本当にいいの？」

「いいですよ。ガッツさんに使われた方が、オリハルコンも本望だと思いますし」

エレナさんは申し訳なさそうにしているけど、僕も大事なハンマーを貸してもらった恩がある。

今はさっきのガッツさんの言葉をそのまま返すべきだと思った。

「そっか。レンはいい人だね……でも、貰いっぱなしじゃ何だから、店の商品をいくつか持っていっていいよ。剣だけじゃ外の魔物に勝てないでしょ」

これは思わぬ幸運かもしれない。確かに今後、外に狩《か》りに行くようになることを考えたら、防具は欲しいよね。外は危険がいっぱいなのだ。

「じゃあ、防具をいくつか見繕《みつくろ》ってもらえるとありがたいです」

「はいよ。私が選んであげる」

おお、美人に選んでもらうなんて元の世界でも味わったことないぞ。

最終的には、鉄と革でできた軽量な混合鎧にした。これでやっと、こっちの世界らしい服装になる。

だけど背広やワイシャツを売るのはもったいなくて、着替えた後はアイテムボックスにしまった。元の世界との数少ない繋《つな》がりだし、いつか使える時がくるかもしれないからね。

初めて作った武器はこんなにカッコよく見えるものなのか。

宿に戻ってからというもの、僕は自室でオリハルコンのショートソードを構えてみたり、眺めたりしていた。うっとりして顔がちょっとにやけてしまう。

「お兄ちゃん変なのー」

そんな姿をルルちゃんに見られてしまった。どうやら夕飯ができたので呼びに来たみたい。

明日からまた掃除をしていこう。街の人には良くしてもらったから、恩を返さないとね。

食堂に行くと、意外と言ったら失礼なのだけど、何人もお客さんが入っていた。

「レン、ブドウエールはとても好評だったよ。もっと手に入らないかね？」

忙しく動き回りながら、ネネさんがそう言ってきた。どうやら、外で路上販売をしてきたようだ。

買った人がおかわりを求めてきたんだけど、足りなくて売り切れちゃったみたい。

そこから【龍の寝床亭】の料理も少しずつ口コミが広がっているようだ。確かにここまで人気《にんき》になるなら、僕としても宿の名物にしてあげたい。

「じゃあ明日、ちょっと交渉してみますね。たぶん、卸《おろ》してくれるはずですよ」

「そうかい、それは助かるよ。お金は弾《はず》むからね」

そんなやり取りを大きな声でするものだから、食事をしていた周りの客から歓声が上がった。

明日材料を仕入れて明後日《あさって》販売だとネネさんが言うと、もう拍手喝采《はくしゅかっさい》。これは僕がブドウを手に入れられなかったら、暴動《ぼうどう》が起こりそうだ。

僕はネネさんと約束をして食事を済ませた。

自室に戻ると、寝る前に一つやることがあった。

「このショートソード……綺麗だけど目立ち過ぎる。色を変えよう」

白銀に輝くオリハルコンのショートソード。このままだと人目を引いてしまうので、普通の鉄のショートソードのような色に変化させようと思ったのだ。

これも鍛冶の王のスキルで簡単にできた。剣を指でなぞると、色が変化していく。すっかり鉄にしか見えなくなった。

「これでよし！」

お腹もいっぱいだし、今日は早々に寝ることにしよう。

混合鎧のままだと窮屈《きゅうくつ》なので、脱《ぬ》いでワイシャツに着替える。やっぱり捨てなくてよかった。

寝間着《ねまき》を借りてもいいんだけど、この世界の服はまだどうにも着慣れないからね。

◇

翌日、例のブドウ畑の掃除の依頼を受けてお屋敷に向かう。

「レンさん、また来てくれたんですね」

あのクールビューティなメイドさんに迎えられました。こういう人が笑顔を見せるとたまらなく魅力的《みりょくてき》だ。

「今回は、ちょっとお願いがあって来ました。実はここのブドウを、泊まっている宿屋の女将さんにあげたらブドウエールを作ってくれたんです。それが大変好評になっちゃって……なので、正式にそこの宿にブドウを卸していただけないかな〜と……」

僕の話を聞き終えると、メイドさんは少し考えて、頷いてくれた。

書類を用意するということでお屋敷に入っていったので、僕はブドウ畑を掃除しながら待つ。

まだ前回から間もないというのに、地面には複数のブドウが落ちていた。魔法の加減を間違って土に掛けたと言っていたが、まだ効果は続いているらしい。

すると、十分もしないうちにメイドさんが戻ってきた。

「用意できました。行きましょ」

「え？　でもまだ、掃除が途中ですよ」

「これだけ綺麗になっていれば大丈夫ですよ」

メイドさんはそう言って僕の腕に自分の腕を絡《から》ませた。頭が僕の肩に寄りかかってきて、とても甘い匂《にお》いがする。

こんな美人なメイドさんに甘えられるなんて。僕の不運はどこに行ったんだと思うくらい幸せです。

まるでデートであるかのような足取りで【龍の寝床亭】へと向かう。

途中、僕の動きがぎこちないのに気付いて、メイドさんが小さく笑った。

「ふふ、そんなに緊張《きんちょう》しなくてもいいのに」

「緊張しない方が無理ですよ……」

生まれてこの方、女の人と腕を組んで歩いたことなんてないんだから。

「──レンさんには、みんな感謝してるのよ」

不意に敬語が抜けた喋《しゃべ》り方になるメイドさん。

「この街は差別や迫害はないけど、生活に困っている人は多い。貴族もあんな感じだしね。冒険者も、やっぱり人の家を掃除するよりはモンスターを狩った方が箔《はく》が付く」

でもあなたは違った、と彼女は付け足した。

「だから私は、結構あなたのことを気に入っているのよ」

「きょ、恐縮です……でも、本当にそれだけで？」

「ふふ、それだけで、だよ」

腕を組む力が強くなった。どうやら、僕は色んな意味で有名になっていたみたいです。

確かにどうせなら人助けしたいとは思ったけど、お金と素材のために掃除や手伝いをしていただけでもある。少し心が痛みます。

「名声とかに欲のない人って冒険者に少ないんだよ」

メイドさんはそう言ってまた微笑を見せた。そういうものなのかな。


宿屋に着くと、すぐにネネさんとメイドさんが交渉に入った。

「これでブドウエールを作ってもらっていいでしょうか？」

真剣な目で言うメイドさん。商売として卸すからにはちゃんと味を確かめたいようだ。

ネネさんは頷いて厨房に向かった。しばらくして、木樽のジョッキを持って戻ってくる。

メイドさんはその中身を見るとわずかに顔をしかめた。種を抜いてすり潰したブドウがたっぷり入っているので、エールは紫がかった色になっている。確かにちょっと見た目は良くないかもね。

でもワイングラスに入れるわけでもないし、味さえ良ければ男衆《おとこしゅう》には人気が出ると思うんだけどな。

意を決した様子で、メイドさんはエールを口に運んだ。

すると、一口かと思いきやそのまま一気飲み。かなり美味しかったのか、飲んだ後プハァーと男らしい声を上げる。

「美味しいですね。これは外に出すべき飲み物です」

「本当かい？　じゃあ……」

「はい、交渉成立です。お代は稼いでからでいいですよ。商人ギルドには私が言っておきます。誰かに取られるのは癪《しゃく》ですからね」

どうやらこのメイドさん、只者《ただもの》ではなかったようです。

「改めまして、レイティナ・エリアルドと申します。今後ともよろしくお願いしますね。特にレンさん、これからもよろしくね」

家名付きの名前を名乗った彼女。聞いてびっくり、あのお屋敷の主人らしいです。

何でメイド姿なのかと尋《たず》ねたら、メイド姿で接客すると相手の本性《ほんしょう》がわかるから、らしい。

外見や立場だけで態度を変える人っているもんね……わかるような気はする。

こうして【龍の寝床亭】の名物が生まれた。これでネネさん達は枕を高くして寝られるだろう。良かった良かった。

◇

ブドウの交渉から三日。あれからも僕は毎日、街の依頼を色々受けています。

掃除だけじゃなくて、スキルを活かせる修理系の仕事や、飲食店の手伝い、宅配便みたいなこともやった。

……決して外が怖いわけじゃない。ほら、オリハルコンの短剣だってあるし。ね？

「レンさんおはようございます。今日もいい天気ですね」

「ああレイティナさん……お、おはようございます」

メイドさん改め、レイティナさんのお屋敷にもこうして足を運んでいる。

でも毎回レイティナさんがすぐ近くで僕の掃除姿を見てくるようになったのは、どういうことだ。

お屋敷に来たのは、ネネさんとの取引の後、これからもよろしくと念を押されてしまったから。

断《だん》じて美人さんを見て眼福《がんぷく》にあずかろうと思っていたわけではない。ちゃんと新規の依頼ではおじさんやお爺さんの手助けにも行きましたよ。

冒険者ギルドに報告に行く時は、レイティナさんに腕を組まれてしまい歩きづらい。本来、男としては最高のシチュエーションなんだけど、実際やってみるとそんな感想が漏れる。

とはいえ、腕に時折当たるお胸はとてもポヨポヨしていて、大き過ぎず小さ過ぎずといった感じで大変頬が緩《ゆる》みます。

その状態で冒険者ギルドに入ったものだから、いつもの受付のお姉さんの視線が痛いです。いかがわしいことはしていないので許してほしい。

「レンさんいらっしゃいませ。今日はどういったご用ですか?」

何だかとげとげしい。僕の担当になってくれたらしいのだけど、まだ、名前も聞いてないんだよね。

「えっと、掃除が終わりました。四件分です」

「はい、確かに……。あの、レンさんは討伐などの依頼は受けないのですか?」

「あー……武器も防具も揃ったので、いつか行きたいとは思っているんですが……」

「じゃあ、行った方がいいですよ。いつまでもFランクでは男として体裁《ていさい》が悪いです」

うん、とってもとげとげしい。だけどまあ、受付のお姉さんの言うことも確かだよね。

そろそろ街を出て外を見て回ろうか。いつまでも宿屋でお世話になるのもどうかと思うし。

ネネさんは「息子が一人増えたって構いやしない」と言っていたけど、それじゃダメだよね。あの宿もお客さんが増えてきたし、ずっと僕が客室を一部屋占拠《せんきょ》してしまうのは申し訳ない。

まあ、忙しさ自体はレイティナさんの手配で店員さんが増えたから大丈夫なんだけど。

「レンさん、危《あぶ》ないことはしないで。私が養ってもいいし」

「ええ！」

レイティナさんは僕のことを何だと思っているんだ。僕はヒモになる気はないよ。

……だけど押し付けられたお胸のせいで思考が揺《ゆ》らぐ。レイティナさんは惚れやすすぎだよ。掃除してもらっただけでそんなこと言っちゃダメでしょ。

「レンさん、あなたはいい人です。だからこそ、Ｆランクで終わるような人間ではありません」

いつの間にか受付の外に出てきていたお姉さん、僕の空《あ》いてる腕にしがみついてお胸を当ててくる。大きさでは受付のお姉さんに軍配《ぐんばい》が上がる。

しかし、そういう耐性がない僕は両方に意識が行ってしまう。情けないけど、しょうがないよね。

「……二人とも離れてください！」

心のどこかで惜《お》しいとは思いつつも、何とか二人を引き剥がした。このままでは鼻血で湖を作ってしまう。

一度冷静になってもらおうとしたのだが、僕が怒ったと思ったのか二人ともしゅんとしている。

「いや、怒ったんじゃなくて、僕の意見も聞いてほしいだけです。とりあえずレイティナさん、お言葉は大変嬉しいんですが、僕はヒモになる気はありません」

レイティナさんは僕の言葉に不満そうである。

「そして、受付のお姉さん」

お姉さんは、僕の言葉を聞くや否《いな》や、掴みかからんばかりの勢いで声を上げた。

「レンさん！　私の名前はファラです！」

「あ、すみません……」

僕は気を取り直して話し出す。

「コホン。じゃあ、ファラさん。Ｆランクでも大丈夫そうな討伐依頼をください」

「はい、わかりました！」

名前を呼ばれたのがよほど嬉しいのか、ファラさんはスキップをして掲示板に向かった。

そして一瞬で依頼書を掴んで持ってくる。内容は、近くの森のゴブリン退治だった。

「Ｆランクの初めての依頼ですので、私が同行します」

「「え？」」

僕とレイティナさんが驚く。そんなことってあるの？

先輩冒険者とかならわかるけど、受付係同行のクエストなんて聞いたことないぞ。

「ファラさんのレベルはおいくつなんですか？」

「私は50ですよ」

さらっと凄いことを言われた気がする。

「50って、Aランク冒険者のベテラン並みじゃないですか！　何でそんな人が受付係やってるのよ……」

レイティナさんの反応で、相当な実力者だということが一発でわかりました。

僕はまだ魔物を狩ったことがないので当然レベル1。なんか、逆にファラさんの持ってきた依頼が安全なのか心配になってきた。

「そんな人が同行するって……ゴブリンって、もしかして強いんですか？」

「いいえ、一度に多数を相手にせず、飛びかかってくるのにさえ気をつければ勝てます」

まるでゴブリンを何体も屠《ほふ》ってきたかのようなアドバイスだ。

「じゃあ、何で同行を……？」

「だから、言っているでしょ。初めての討伐依頼ですからと」

それでも僕がブツブツ言っていたら、ファラさんが僕の頭にげんこつを落とした。

そして「四の五の言わずに行くわよ」と言って、僕の首根っこを掴んで奥の部屋に引きずっていく。

流石の迫力《はくりょく》にレイティナさんは唖然として見送っていた。


お互いに装備を整えて、ギルドの前で集合。

「じゃあ、行こうか」

どうやらファラさんは本気のようで、鎧と大剣を装備してやってきた。鎧は僕の防具よりさらに動きやすさ重視《じゅうし》といった感じで、革がメインの軽鎧だ。

受付係としての姿じゃなくなったからか、ファラさんはタメ口になっていた。

ちょっと男勝《おとこまさ》りな喋り方のファラさん、鎧も相《あい》まってとんでもなくカッコいいです……。

街を出てからは、僕が先頭を歩いた。初めてのおつかいに行く子供みたいな気分だ。どうなるんだろう……。

ほどなくして森に到着。歩いて二十分ほどと近く、ここからテリアエリンの街も見える。

ギルドの仕事も忙しいだろうに、ファラさんは新人の僕を心配して来てくれたのだ。喜んでいいのか悪いのかわからないけど、気持ちとしてはとても嬉しいです。

「この中にいるんですね？」

ファラさんに質問をすると頷いている。

森の奥は見通せないほど鬱蒼《うっそう》としている。やっぱり定石《じょうせき》通り、中にはうじゃうじゃと色んな魔物がいるのかな？　洞窟《どうくつ》とか、罠《わな》とかもあって。

「ゴブリンはとても頭が悪い。ただ、数が多いので気をつけるように。私は危なくなるまで見ていることにする」

ファラさんに促《うなが》されて僕は森へ踏《ふ》み込んだ。

すぐ後ろにファラさんがいるので、ある程度は安心だ。

ゴブリンのステータスはレベル1の僕と同等みたい。だけど、僕は、鍛冶チートで防具も武器も性能を爆上《ばくあ》げしているので、ダメージは受けないはず……って油断しちゃダメだ。しっかりと一発で仕留《しと》めよう。

「いた！」

気配を感じて茂《しげ》みから覗くと、岩壁《がんぺき》に空《あ》いた横穴の前を二匹のゴブリンがうろついていた。

初《しょ》っ端《ぱな》から二匹を相手にするのはまずいかと思っていたら……。

「いや～～!!」

「何だ？」

ゴブリンとは違う、もっと大柄な魔物が現れた。それも、人間の女の子を担《かつ》いでいる。

「あれは冒険者……それにオークまでいるじゃないか！　でも、色が違うし、体格も違う……」

オークらしき魔物は、そのまま洞窟に入っていった。色が違うということは、亜種とかそんな感じだろうか？

「ど、どうします？」

「レンには荷が重い。私が前衛《ぜんえい》をするから、背後を頼む」

ファラさんの言葉に頷く。初陣《ういじん》だけど、背後くらいは守ってみせます。

「やっ！」

茂みから駆《か》け出すや否や、二匹のゴブリンを一刀のもとに両断するファラさん。

「行こう。オークは巣穴に獲物《えもの》を持ち帰るとまず、食事を済ませてから繁殖《はんしょく》行動を行うことが多い。今ならまだ食事をしているはずだ」

「奇襲《きしゅう》のチャンスってことですね」

流石レベル50のファラさん、頼もしいな。躊躇《ためら》うことなく、大剣を構えたまま洞窟に入っていく。遅れないようについていこう。

洞窟に入って五分もすると、ゴブリンが数匹いる部屋が見つかった。ファラさんは何やら粉塵《ふんじん》の入った瓶を取り出すと、手榴弾《しゅりゅうだん》のように部屋に投げ込む。

瓶の割れる音がした後、少しするとバタンという物音がした。部屋を覗くとゴブリン達が痙攣《けいれん》して倒れていた。痺《しび》れ薬だったらしい。

「こういったものも常備《じょうび》しておくと便利だよ。物音を立てないことが、洞窟攻略の第一歩だ」

ファラさんは微笑んでそう話した。僕の緊張をほぐしてくれているのかな。こんな時でもチュートリアルを忘れないのは凄い。

痺れて動けなくなったゴブリンを仕留めていく。

そこで気付いた。僕は今初めてゴブリンを倒したのに、既《すで》にアイテムボックスに何か収納されている。粗悪品《そあくひん》の服と棍棒《こんぼう》だ。

つまり、ファラさんが倒した分のアイテムも、僕のボックスに入ってきているのだ。

ぼろ布と棒きれでは需要《じゅよう》がないように思えるが、鍛冶の王スキルがあるからコネコネすれば何かに変わるかもしれない。

そして今、この部屋にいたうちの一匹が鉄装備も落としてくれた。アイテムボックスに自動で入ってくるものとその場にドロップされるもの、二倍の量をゲットできるみたいだ。

採取の王が、魔物のドロップにも影響を与えていたり、ファラさんが倒してもそれが適用されていたりするのはありがたい。しっかりと確認したいけど、今は人命がかかっているので後回しだ。

「ここが最奥《さいおう》か。いたな」

ファラさんは鋭い目つきで最奥の部屋を覗く。

そこには獣の肉を喰《く》らっている先ほどの色違いオークと、杖を持ったいかにも「魔法使います」っていう感じのオークが立っていた。

部屋の端には鉄の檻《おり》がある。そこにはさっき連れ込まれた軽鎧の女性が震《ふる》えながら座っていた。

「チャンスを待つ。準備をしておいてくれ」

「はい」

緊張してきた。……でも、食事中が一番チャンスっぽいのだけど。

魔法使いを警戒しているのかな？

「……今ならいけるんじゃ？」

「奴が繁殖行動を取る時が一番のチャンスなんだ、ギリギリまで待つしかない」

ええ！　ということは、あの人が汚《けが》されるってこと？　ダメでしょ、それじゃ手遅れだよ。

「食事に夢中な今がチャンスじゃないんですか？」

「いや、魔法使いの方が警戒をしているだろう？　罠の魔法が設置してあるかもしれない」

「罠の魔法があるならいつ行っても同じですよ。それにそんなもの自分の家に作るでしょうか？」

普通に考えたら、味方のいる拠点《きょてん》に罠は張らないはず。でも、馬鹿なゴブリンが割り込んできて、オークの獲物や食料を奪っていく……っていうこともあるのかも。

「レンの言うことも一理あるけど……待って。魔法使いが動いた」

魔法使いが最奥の部屋から出ようとこちらに歩いてきた。

魔法使いを倒せば力押しで勝てると、ファラさんは出てきたところを狩ることを提案。

僕も同意し、息を潜《ひそ》めてその時を待つ。

しかし、その時は来なかった。

ゴゴゴゴゴゴゴ‼

「なっ！」

地面がせり上がり、最奥の部屋への道が塞がれてしまった。どうやら、声が外に漏れないように塞いだようだ。ゴブリンが寄ってきてしまうのだろう。

「くっ、レンの言った通り、あの時が最大のチャンスだったか」

やばい、塞いだということは、事に及《およ》ぶつもりだよね。

こうなったら隠していてもしょうがない、鍛冶、採取の他に残った、もう一つの王の出番だ。

「任せてください。僕が掘《ほ》ります」

「え？　掘る？」

さっき手に入れた鉄装備のうち、籠手《こて》を取り出す。

少しコネコネしてスコップの形に形成。両手で持って、壁《かべ》に横穴を掘っていく。

採掘の王の効果で、掘った土はアイテムボックスにも入っていった。驚いたことに、掘った位置より五センチほど深く……つまり、スコップの範囲以上に掘れている。

もう、自分でも何を言っているのかわからん。

「ええ！　なんで鉄がそんなに柔らかいんだ？　それに石や岩もあるから掘るなんて無理だろう！　って、掘れてる……」

ファラさんは唖然として僕を見つめる。僕は構わず掘り進める。

一分も経《た》たずに穴は開通した。

「いや～！　オークなんかに抱かれたくない‼」

今、まさにオークに鎧をひん剥《む》かれていた女の子が叫ぶ。覆いかぶさるオークの顔を必死にのけぞってよけている。

咄嗟《とっさ》に僕は手に持っていたスコップを投げつける。頭にガツンと命中したが、オークは余裕ある動きで立ち上がり、こちらに敵意を向けた。

「大きい……」

後から横穴を通ってきたファラさんが、オークを見て呟《つぶや》く。さっきまで遠目《とおめ》にしか見ていなかったから実感しなかったが、確かに大きい。三メートルはあるだろうか？

レベル50のファラさんが狼狽《うろた》えるのだから、標準的《ひょうじゅんてき》なオークと比べても大きいことが窺《うかが》える。しかし、そんなふうに感心している場合ではない。

魔法使いのオークから、炎の魔法が放たれてファラさんを直撃。

「うっ」

僕とファラさんのどっちが厄介《やっかい》かすぐに判断した魔法使いは、ファラさんを狙った。

あの魔法使い、頭はいいけど……警戒をおろそかにしちゃダメだよね。

「この‼」

『ギャ！』

オークが続けて魔法を使おうとした隙《すき》を狙って、ショートソードを突き刺した。もともと足には自信があった上に、ステータス強化がついている。この距離ならば一瞬だ。

人型の生き物を倒す罪悪感は、さっきの痺れていたゴブリンにとどめを刺した時に捨て去った。

「レン、先にあの女性を頼む！　こいつは私が……！」

ファラさんの方を見ると、骨でできた棍棒を持った色違いオークと鍔迫《つばぜ》り合《あ》いをしていた。

僕は言われた通り女性へと駆け寄り、ボックスにしまってあった背広を掛ける。ゴブリンの粗悪品の服よりましかと思ったんだけど、素肌に背広では露出《ろしゅつ》が凄い。目のやり場に困る。

「ぐっ！　すまないレン、援護《えんご》してくれ！」

「あ、はい！」

ファラさんが手こずるっていうことは、僕では危ないんじゃないかと思ったんだけど……。

「やぁっ‼」

僕の攻撃に気付いたオークは、ファラさんを突き飛ばして僕の攻撃をガードしたものの、僕の方が……いや、僕の剣が、とても強かった。

『⁉　ボホ～～‼』

なんと骨の棍棒ごとオークの頭を両断。オークは二つになった顔で、変な奇声《きせい》を上げて絶命《ぜつめい》した。

「「……どういうこと？」」

助けた女性とファラさん、両方が唖然として僕を見つめる。

「おっと、たまたま、会心の一撃が発動しちゃった～……」

僕は急いで弁明の言葉を口にするが、その場は白《しら》けに白けて言葉をなくした。

「……まあ、言いたくないならそれでいい。とりあえず街に帰ろうか」

ファラさんはそう言って、女性を連れて先に外へと向かった。ファラさんの優しさが身に染《し》みます。

街に帰り着くと、ファラさんが女性を家まで送るので、冒険者ギルドで待っていてくれと言われた。

市場の屋台でお昼を済ませた後、ギルドのロビーで暇《ひま》を潰していると、受付係としてのファラさんが戻ってきた。

「おめでとうございます。レンさんは今からEランク冒険者です」

「え、昇格ですか！」

「はい！」

あの男勝りな話し方から一転、いつもの丁寧な口調《くちょう》。

「実は、レンさんにゴブリン討伐を持ち掛けた時点で昇格の話はあったんです。さっきのオークのことで、私は一気にDランクまでの昇格も提案しましたけどね」

ファラさん曰《いわ》く、あの色違いのオークはそのさらに上位種に当たる、オーガになりかけの個体だったらしい。

もしあのまま放置されてオーガになったら、魔物を引き連れられるようになっていた。それがやがてスタンピードという魔物の集団暴走《ぼうそう》を引き起こし、街を危険に晒《さら》すそうだ。なにそれ怖い。

でも、今回のおかげで僕のレベルが大きく上がりました。

レン　コヒナタ
レベル　1　↓　5

【HP】40　↓　90　【MP】30　↓　80
【STR】9　↓　45　【VIT】8　↓　40
【DEX】8　↓　49　【AGI】11　↓　59
【INT】7　↓　35　【MND】7　↓　35

スキル
アイテムボックス【無限】　鍛冶の王【E】
採掘の王【E】　採取の王【E】↓【D】

そして、アイテムボックスの中もこんな感じ。

【世界樹の葉】３００　【世界樹の枝】１９５

【清らかな水】４００（瓶入り）
【清らかな岩】１００
【粗悪な棍棒】20
【粗悪な鉄の盾】１
【粗悪な鉄の具足】２
【鋼《はがね》のスコップ】１
【オークの杖】２
【清らかな土】３００
【粗悪な服】20
【粗悪な鉄のショートソード】１
【粗悪な鉄の鎧】１
【粗悪な鉄の籠手】１
【オーガの牙《きば》】２
【オークのローブ】２

レベル5まで上がってわかったけど、今のところ1レベル上がるにつれて5～10ほど各ステータスが増えるみたいだ。アイテムもそのまま手に入るものとボックスに入ってくるもので二倍の報酬になる。

それ以外にも、ステータスの概念《がいねん》が浸透《しんとう》していたり、魔物は死んでもすぐ霧散《むさん》していったりと、何だか本当にゲームの中のような世界だ。

僕はそんなことを思いながら【龍の寝床亭】に帰り、自室へ。

さあ、お楽しみの製作タイムである。

第四話　増えていく仲間

「さてさて今度は何が出るかな」

自室で色んなものをボックスから出して、コネコネしております。

まずは清らかな土。コネている間は相変《あいか》わらず粘土みたいだけど、どんどん粘《ねば》り気《け》が強くなって、最終的に固くなる。そして、光沢《こうたく》を帯《お》びたと思ったら銀色に輝き始めた。

「土が銀になった……」

どういう上位互換だと思った。鉄じゃないかとも思ったが、鑑定の結果は見事に【銀】。

流石にこの調子で銀を生み出してしまうと相場が崩《くず》れてしまう。市場には少しずつ放出しよう……。

スコップがあるので、自分で使う分にはその辺の土からいくらでも手に入るしね。

「次は岩ですな」

岩をコネコネ。土と一緒で、一旦軟《いったんやわ》らかくなってから、どんどん固さが増していく。そして、鍛冶屋【龍剣】で見覚えのある物体へと色を変えた。

「ミスリルだね……」

ただの岩――正確には清らかな岩だけど、それがオリハルコンに次《つ》ぐ希少《きしょう》金属のミスリルになる。

いよいよファンタジーって何だという感じになってきた。砂金より手に入りやすい岩でこうなるんじゃ、ミスリル装備が作り放題です。

一周回って、金がオリハルコンになったことには納得してしまう自分がいた。

ついでにわかったことが一つ。

鍛冶スキルで一度上位互換したものは、再びコネコネすることはできないみたいだ。

……まあ、そうだよね。何回も上位に変換できたら、何でもかんでもオリハルコンになっちゃうもんね。いや、一回の変換でミスリルってだけでも充分おかしいけど。

ちょっと今日はもう驚き疲れたので、他のドロップ品は次の機会にしましょう。粗悪品の服とかは、鍛冶じゃないからこねられないと思うけど……。

とりあえず作ったミスリルはガッツさんの鍛冶屋に卸そうと思い、明日、足を運ぶことにした。

◇

翌日、鍛冶屋【龍剣】に到着。

するとエレナさんが迎えてくれて、すぐに地下に連れていかれた。

工房では何やらガッツさんが、一心不乱《いっしんふらん》にハンマーを振るっている。盾を作るつもりらしく、先日渡したオリハルコンが円状に打たれていた。

邪魔《じゃま》をしたら悪いのでガッツさんに話しかけるのはやめ、エレナさんにミスリルの件を伝える。

「わあ、オリハルコンの次はミスリルか……結構あるの？　インゴット三十本くらいなら買えるけど、それ以上だったら商人ギルドに卸した方がいいよ。あんまり大量の品を直接お店に卸してると商人に目をつけられて、何も買えなくなっちゃう」

ええ、何それ怖い。商人ギルドってそういうことしてくるの？

仕方ないのでとりあえず、ミスリルを上限量いっぱいまでエレナさんに売却。

結果は金貨3枚になりました。高いんだか安いんだかわからん。

続いて商人ギルドへ。冒険者ギルド同様、各地の街に置かれていて、物価の相場を決めているのもここ。ギルドの相場を破《やぶ》って大量の売買をすると、商人として生きていけなくなるらしい。

おまけに指名手配のようになってしまい、他の店でも買い物ができなくなる場合すらあると……まあ、敵に回すと魔王よりも怖い、というところかな。

商人ギルドは、真っ白い宮殿みたいな建物で気位《きぐらい》の高さが窺える。何だかさっき怖い話を聞かされたせいで、魔王城のような威圧感《いあっかん》があります。

「いらっしゃいませ……どういったご用件で？」

圧倒されていた僕の動きが挙動不審《きょどうふしん》だったのか、受付の青年は怪訝《けげん》な顔で僕に問いかけてきた。

「えっと、卸したいものがあるんですが……」

「そうですか……ただ、お言葉ですが今は商品の在庫が充分でして……」

うわ！　あからさまに断ってきた。どうしよう。

「でも、商人ギルドで買い取ってもらわないと直接お店に卸すことになって、ルール破りになってしまうんじゃないんですか……？」

「……」

僕の言葉は聞こえているはずなんだけど、青年は自分の作業に戻ってしまった。

さて、困りました。

他に取り合ってくれそうな人がいないか見回していると、見覚えのあるおばあちゃんが近づいてきた。

「あら？　コヒナタさんよね？　今日はどうしたの。商人ギルドのお掃除？」

あ、そうか。初めて掃除したお宅のおばあちゃんだ。

名前は聞いていなかったけど凄く高そうな服を着ているあたり、とても権威《けんい》のある人に見える。

「どうしたの？　困っているようだけど」

「えっと、あの人に買取を断られてしまって……」

「あら……？」

おばあちゃんはそれを聞くと、笑顔ながらもすっごく怖い顔になり、例の青年の肩を叩く。

「あんたもしつこいな～……って、あ、あなたは……」

「あらあら、いつからそんなに偉《えら》くなったのかしら。あなたは人を見る目がないようですね」

青年はがたがたと足を震わせ始めた。今にも泣き崩れそうだ。

「さあコヒナタさん、奥の部屋へ。あと、あなたは降格《こうかく》と謹慎《きんしん》処分ね」

サーッと青年の血の気《け》が引く音がした。無慈悲《むじひ》にも警備員《けいびいん》が青年を外へ引きずっていく。

少しかわいそうな気はするけど、話も聞かずに門前払《もんぜんばら》いしたんだし自業自得《じごうじとく》ってことで。

「すみませんねコヒナタさん、あのような無礼《ぶれい》な者に対応させてしまって」

「いえ、こんな僕に優しくする方がおかしいんですよ」

「そんなことはありません。あなたのような優しい人、そうそういませんから。……それに知ってるんですよ。ほぼ毎日、人手の足りない店や、困っている人の依頼を受けていたことを」

最初はお金欲しさだったけど、依頼主のもとを回るうちに、助けたいという気持ちの方が大きくなっていたんだよね。このおばあちゃんに全部気付かれていたと思うと恥ずかしい。

「別に僕は、暮らすためのお金が欲しかっただけで……」

「ふふ、そういうことにしておきましょう。では仕事の話をしましょうか」

おばあちゃんはそう言ってソファーに腰かけ、契約書を机に出すと鋭い眼差《まなざ》しになった。

結論から言うと、思っていた金額の倍で売れました。

インゴットを見せた途端《とたん》、あんなに鋭い眼差しだったおばあちゃんが目を丸くして、眼鏡をかけたり外したりしながら鑑定していた。それくらい質が良かったらしい。

そして、一つ一つ純度《じゅんど》を確認する手間が省《はぶ》けたと、買い取り額を上乗《うわの》せしてくれたのだ。

「はい、これで完了。納品はこのギルドの裏手でお願いしますね」

「え？　全部見ないでサインしちゃっていいんですか？」

「コヒナタさんを信用していますから。改めまして、私はアルベイル・ニブリス。ここのギルドマスターをしています」

「あ、はい、ニブリスさん……」

「ふふ、やっぱり名前を知らなかったんですね」

「あっと、ごめんなさい！」

勢いよく頭を下げる。ニブリスさんは「私の正体《しょうたい》を知らないで近づいたってことが好印象だったんですよ」と言った。

ギルドに来てからは薄々凄い人だという予感はしていたけど……恐縮するばかりだ。

それから僕は言われた通り裏手に回る。アイテムボックス持ちだとバレたくないから、鞄にそのままインゴットを入れているんだけど、流石に重たい。

いちいちこういう細工《さいく》をするのも面倒になってきたし、ゆくゆくは他の街にも行きたいから、近いうちに馬車を買わないとな。

ギルド裏手は、搬入口のような感じになっていた。馬車を直付けして荷下ろししている人や、その確認をするギルド職員で混雑《こんざつ》している。やっぱりああした方が便利だよなあ。

「納品ご苦労様。ニブリス様から聞いているから、少しずつで大丈夫ですよ」

「助かります……じゃあまた明日の朝にでも納品しに来ますので」

窓口で係の人に、ひとまず手に持てている分だけミスリルインゴットを手渡す。

すると僕の所持金は金貨４枚ほどにまでなった。……あれ、もう馬車買えるんじゃないか？

「ではまた明日」

係の人にそう挨拶してギルドを後にした僕は、さっそく馬車を売っているお店を探す。

すると商人ギルドのすぐ近くだった。なるほど、商人の必需品《ひつじゅひん》だもんね。

値段はピンキリ。車体だけでも銀貨80枚から金貨5枚といったところ。奮発《ふんぱつ》して金貨2枚は出すことにした。

というのも、それくらいのものからは盗難《とうなん》防止にセンサーのような魔法が施《ほどこ》されているらしいのだ。

基本的に馬車って荷台は吹き抜けになっているから、こういうのはありがたい。

贅沢《ぜいたく》を言えば、野営の時に虫に刺されたくないので、虫除《よ》け機能もあるといいんだけどね。

「コヒナタさま、馬はお持ちですか？」

店員の女性に購入を伝えるとそう尋ねられた。

「持ってないですね……って、ん？」

何で僕の名前を知ってるんだ、と思ったら、この人も見たことがある。

「よかったら、こちらの馬をお使いになりませんか？　私の夫が世話をしていた馬なんです。あなたなら大事にしてくれそうですし、夫もこの馬も報われます」

「……もしかして、掃除の依頼でお会いしたことがあります？」

するとと女性は頷いた。

「ふふ、すみません。自己紹介をしていませんでしたね。私はシール。ニブリス様からもお話は伺《うかが》ってるんです。個人的にお世話にもなりましたし、何か恩を返せればと待ってたんですよ」

そんな風に微笑みかけられたらクラッときます。マリーや王様も、心から見習ってほしい。

この街の人達はみんな優しすぎるよ。

「……ダメでしょうか？」

シールさんは目を潤《うる》ませる。卑怯《ひきょう》だ……これでは断れない。

僕は「じゃあ、ありがたくいただきます」と頷いた。

するとシールさんは、ぱあっと顔を輝かせて、あっという間に馬を馬車に繋いで、鞍《くら》もかけてくれた。手伝う間もない早業《はやわざ》に、僕は呆然《ぼうぜん》と突っ立っていた。

「あなたには感謝しているの。もちろん仕事ぶりも素晴らしかったけど、それだけじゃなくて。あなたは礼儀《れいぎ》正《ただ》しいし、気遣《きづか》いもできる人です。おかげで私まで励《はげ》まされました。ありがとう」

楽しんで掃除をしていただけなのに、そんなところで人を元気づけていたのか。なんか嬉しいな。

「依頼じゃなくても構いません、また来てくださいね」

シールさんは深くお辞儀をして、見送ってくれた。

無事に馬車と馬を手に入れて、宿屋【龍の寝床亭】に帰ってきた。

馬車は街の出口に置く場所があるのでそこに停めてきた。ちゃんと門番の兵士にお金を掴ませたので大丈夫だろう。この世界はこういうチップのようなものが大事みたいだからね。

「おかえり、今日はお客さんが来てるよ」

「お～い！」

ネネさんが指差した食堂の片隅《かたすみ》には、見慣れない女性がいた。

誰だっけ……と思いながら、正面に座る。そのお客さんはニコニコしながら見つめてくる。すっごい友達みたいな距離感で、ちょっと身構えてしまう。

「あれ？　まさか、覚えてない？　この服を返しに来たんだけど……なんか凄くちゃんとした服だし、申し訳ないと思って」

女性はしょんぼりしながら、鞄から綺麗に畳《たた》まれた黒い服を取り出した。

「あ！」

この世界では見間違えようもない、僕の背広だ。ということは、洞窟で救出した冒険者か！

「改めて、ありがとうございました。あなた達が来なかったらどうなっていたか……。本当に感謝しています」

女性は、緑の髪をツインテールにして弓を持っている。狩人《かりうど》なのかな？　昨日は持っていなかったけど。

「あの時は狩りに夢中で背後に気を配《くば》ってなかったんです。捕《つか》まって早々に弓も落としてしまって……まさか、ゴブリン達の中にオークが混ざってたなんて思わなかった」

ションボリしている狩人さん。一方的に話を進めていくもんだから、僕は黙ってブドウエールを口に運ぶばかりである。座る前に頼んでおいたのさ。

ブドウエールは大人になりたての人にも優しい飲み物として大人気になっていた。エールの苦みを抑《おさ》えてちょっと甘めなテイスト。

もちろん、玄人《くろうと》受けもいい。度数が低い割に味が濃《こ》いめなので、強いお酒の合間《あいま》に小休止代わりに飲むらしい。

いやはや、レイティナさんとネネさんに感謝だなあ。

「あの……聞いてますか？」

おっと、上《うわ》の空なのがばれた。僕はペコペコして話を続けてもらう。

ネネさんに唐揚《からあ》げを一皿、と口パクで注文を伝える。ネネさんは手で大きな丸を作って厨房へ向かった。ちゃんと伝わったかな？

「それで、その～……私とパーティーを組んでくれないかな？　というお願いに来たんです」

「パーティーか……」

正直なところ、あんまり複数で行動したくないというのが本音《ほんね》だ。

だってアイテムボックスとか、王シリーズのスキルとか知られたくないし……。

だけど、この人に悪気はないだろうからあんまり邪険《じゃけん》にするのも気が引ける。

彼女は「嫌ですか？」と上目遣《うわめづか》いをしてきた。

うっ、ついさっきもシールさんに似たようなことされたぞ？　何なんだ、この世界の女性は。みんな学校でそういう戦術でも習うのか？　ちょっと卑怯だよ。

「とても嬉しいお誘いなんだけど、僕は今のところ、誰ともパーティーを組むつもりはなくて……」

「でも、あの時は組んでたじゃないですか。やっぱり胸ですか？」

「ぶふ！」

いやいや、ファラさんは確かに狩人さんより大きいけど違います。あの時は仕方なく、げんこつ落とされた結果そうなっただけであって。

「そうじゃないよ……色々と、人に知られたくないことがあるから」

「……それはあの剣技のことですか？」

「え？」

何か誤解《ごかい》しているようだ。狩人さんはまるで勇者を見るような目で僕を見つめている。

あの変異《へんい》しかけのオークを、一撃で倒したことを言っているのだと思うけど、あれは剣技と言っていいんだろうか。剣が凄かっただけだしなあ……。

「剣を振ったのはあれが初めてだよ」

「ええ⁉　だって、剣筋《けんすじ》が見えませんでしたよ」

え、そうなの？　ファラさんは何も言わなかったけど……ってかこの人も、あんな状況で冷静に見過ぎだよ。

「……わかりました、また出直します。でも諦《あきら》めませんからね？」

そう言って彼女が腰を上げたところへ、タイミング悪く料理が運ばれてきた。

何を勘違《かんちが》いしたか、テーブルに皿を並べながらウインクしてくるネネさん。

……ちょっと待って、なんで料理が二人分に増えてるんですか。

それを見た狩人さんは喜んで座り直した。やっぱり、大事なことはしっかり声に出して伝えるべきだね。学びました。

「あ、そうだ。私はウィンディ。是非《ぜひ》、ウィンって呼んでくださいね」

「………………」

あ、これは黙認《もくにん》したと思われてる……まずはちゃんと断っておこう。

「まだ、ちゃんと決めたわけじゃないけど、とりあえず今日はおごるってだけだからね。だから、パーティーのことは期待しないでね」

ああ、男らしく断ろうと思ったけど、可愛い女の子が喜んでいるのを白けさせられるほど僕の心は強くなかった……。

「何これ！　うまー‼」

ウィンディは僕の苦悩をよそに、絶品《ぜっぴん》の唐揚げに感動していた。いや、お礼の一言もないんかい。

最終的に、その美味しさを理由にして、彼女は泊まり先までここに移してしまった。

軽くストーカーされた気分だ。絶対にウィンなんて呼ばないぞ。

◇

翌朝。

「お兄ちゃんおはよ～、ごはんできたよ」

「おはよーレンレン！」

「…………」

ルルちゃんと一緒に、当然のようにウィンディが入ってきた。

朝から美人を拝《おが》むのは確かに目にはいいんだけど、ノックくらいしようか……。

「あ～レンレンは挨拶しないんだ～、ダメな人だねえ。ねールルちゃん」

「ねー」

半日でルルちゃんを懐柔《かいじゅう》したウィンディ。誰にでも明るく振る舞って壁を作らない人柄、恐るべし……。

「そんなに警戒しないでよ。私だって一度は断られたんだから、しばらくは大人《おとな》しくしてますよ～……ニヤリ」

しばらくは、って。それに言い終わったあとのニヤリは何なんだ。

いちいち突っ込んでいたらキリがないので、僕は諦めて二人について行く。

食堂に着き、いつもの席に座ると、当たり前のように前の席にはウィンディが。

「一切の躊躇《ちゅうちょ》がないね……」

「え？　だってわざわざ別の席に座ることもないでしょ？」

何食わぬ顔で話すウィンディ。この世界でこんなに押しが強い人は初めてなので困惑する。

「はいよ。レンの好きなサンドウィッチだよ」

ネネさんが、オークの肉で作ったハムを挟んだサンドウィッチを持ってきてくれた。そして、当たり前のようにウィンディにも同じ料理が。

「ネネさ〜ん……」

「はは、レン。なんて顔してんだい。まったく、モテてるんだから素直に喜びな！」

恨《うら》めしい視線を向けると、ネネさんに肩を叩かれた。

確かに好感を持たれたことは嬉しいけど、あまりにも一方的じゃないか。

まだやっと軌道《きどう》に乗ったばかりのチートを、ほとんど使えなくなるのも困る。採取や採掘の王は使ってもばれないけど、鍛冶の王は無理だ。

今既にあるオリハルコンのショートソードは見た目を偽装《ぎそう》してあるが、これから作る武器は相当こっそり作らないといけなくなる。

命の恩人に悪意を持つような子ではないと思うけど、極力《きょくりょく》そういった危険は避けたいんだよね。

「ネネさんもそう思いますよね〜」

「ね〜」

ネネさんを味方につけようとするウィンディと、彼女の真似をするルルちゃん。

ルルちゃんの真似っこはとっても可愛いのだが、あんまり続けているとルルちゃんまでウィンディになってしまう。

僕的には阻止《そし》したいので、高い高いしてルルちゃんの意識を逸《そ》らします。キャッキャと喜んでいるので成功だ。

「……まさかレンレン、幼女趣味《しゅみ》？」

僕に変態のレッテルを貼るようなセリフが飛んできた。これだよこれ、ちょっと幼女と戯《たわむ》れたら幼女好きとか、ロリコンとか言う人がいるんだよな。

まあ、そのうちウィンディもルルちゃんに癒されてメロメロになるだろう。しばし我《が》慢《まん》だ。

「じゃ、ごちそうさまです。掃除行ってきますねー」

「あいよ、いってらっしゃい」

「いってらっしゃ〜い」

「へ、掃除？」

ネネさんとルルちゃんはいつもの通り送り出してくれたが、ウィンディは僕の日課を知らないので疑問だらけのようだ。

「おはようございます。レンさん」

「はい、おはようございます……」

冒険者ギルドに着いて、受付のファラさんと挨拶を交わす。僕の声がどんよりしているのは、宿を出てからというもの、背後に気配と視線を感じるからである。

「ん？　あれってこの間助けた女の子じゃないですか。どうしたんです？」

「あっと……助けたことで知り合って……というか、彼女から目を付けられまして。パーティーを組まないかと誘われて、断ったんですけど、こんな感じに」

僕に気付かれているのをわかっているのかいないのか、ウィンディは数メートル離れた観葉植物の裏からこちらを窺っていた。

まあ誰でも気付くよね。いくら髪の毛が緑色でも、観葉植物に隠れるのは不可能だぞウィンディ。

「それで、今日も掃除を？」

「あ、はい。まずは商人ギルドにミスリルを納品してくるので、それからいつもの掃除を」

「そうですか。毎度助かります。でもあの子……大丈夫ですか？　私が注意しますよ？」

ファラさんは忠告してあげようかと握りこぶしを作った。いやいや、怖いですよ。

僕は首を横に振って断る。ファラさんの評判が落ちそうだし、ファラさんには綺麗な受付係のままでいてほしいから……。

「いってらっしゃい」

いくつか依頼を受けた後、ファラさんに見送られてギルドを後にする。後ろをついてくるウィンディをどうにか撒《ま》けないかと思ったんだけど、無理だった。斥候《せっこう》職としても重宝《ちょうほう》されるという狩人には敵《かな》わない。

……何でそれでオークに捕まったんだ？

そんなことを考えながら、撒くのは諦めて素直に坂を下っていく。街の入口の馬車置き場から、自分の馬車を引いてくるためだ。

馬車の運転なんてしたことないから、今度練習しないとな……。


馬車のところに着いて、インゴットの積み込みを始める。

「え！　それ、レンレンの？」

今朝《けさ》から呼ばれているそのよくわからないあだ名には、もう突っ込む気にもなれない。このままルルちゃんにも定着してしまう日も近いだろうな、とため息が出るだけだ。

「ちょっと、レンレン？　聞いてる？」

「……聞いてるけど、何か用ですか？　ウィンディさん」

「ちょっと何、そのよそよそしい話し方は……それよりも、何で馬を引いてるの？　馬車に乗らないの？」

「できたらやってるよ。やったことないんだ」

するとウィンディがニヤッと笑った。しまったと思った時には、既に御者席《ぎょしゃせき》にウィンディが乗っていた。

「私、こう見えても色々できるんだよ～。どう？　パーティーメンバーに」

くっ、確かに欲しい。元々、御者はお金で雇《やと》うことも考えていたのだ。

しかし、このニヤリ顔で言われては、素直にＯＫを出すのもちょっと癪《しゃく》である。それに、僕のスキルのこともあるし。

「ちょっと～、私の何がダメなのさ？」

「……なんかこう、口軽そうだから」

「レンレンそんな風に思ってたの⁉　すっごいショック。私、どちらかというと口堅《かた》いんだからね？」

どう見てもそうは思えないんだけど……。

そんな思いを込めて怪訝な顔を向けると、ウィンディは頬を膨《ふく》らませて憤《いきどお》る。

「信じないならいいもん。今日からレンレンの馬車は私が操縦《そうじゅう》するからね。実力を見せてやる」

思わぬ結果になってしまった。まあ、御者になれる人がいるのは確かに助かるわけだが。

僕は得したんだ。そうさ、得したのさ……。はー、どうしよう。

ウィンディはちょっと口が軽そうだけど、少なくとも悪い子ではないみたいだし、お願いすれば外にはバラさないよね。そう何とか自分を納得させたのだった。

第五話　秘密の共有

ウィンディの操縦はすこぶる快適で、うたた寝しそうになっているうちに商人ギルドへ着いた。

くそう、助かる。助かるなあ、これは……。

「どう？　御者は必要でしょ？」

「……そうだね。今日からお願いするよ」

「そうでしょそうでしょ、ならパーティーに……え？　いいの？」

見ているこっちが笑ってしまうような、呆気に取られた顔になるウィンディ。

「何言っても付いてきそうだし、御者が必要なのもよくわかったしね……。知らない人を雇うよりはウィンディの方がいいのは間違いないよ」

「う～～！　やった～～！！」

僕の言葉にウィンディは飛び上がって喜んでいた。そんなに喜ばれると何だか恥ずかしい。

でも、こうなった以上、チートについてちゃんと共有しないといけないな。

今日の夜にでも言ってみるかな。どんな顔するだろう。楽しみなような、怖いような。

彼女に馬車を窓口に横付けしてもらいながら考える。

ウキウキで手綱《たづな》を握っているウィンディの顔を見ると、大丈夫なような気がしてきた。

窓口に着いて僕が荷台に向かっても、まだ御者席で喜んでいる。

「おはようございます、レンさん」

「あれ？　ニブリスさん。朝はニブリスさんが担当なんですか？」

「ふふ。いえ、レンさんが来ると聞いて、今だけ代わってもらったんですよ」

ニブリスさんは笑う。話しながら指さした方向には昨日の係の人もいて、他の商人の荷下ろしを手伝いつつ僕に手を振ってくれた。

忙しいだろうけど和気《わき》あいあいとしていて、何だかほっこりする。

「昨日卸していただいたレンさんのミスリルは、とても好評でしたよ」

ニブリスさんは荷台に回ってインゴットの本数を数えながら、そう言ってくれた。

そんなに待ち望まれると照れてしまう。

「本当に全部あのミスリルインゴットなんですね。では金貨11枚になります」

「え？　ちょっと多いんじゃ？」

「良いものを卸してくれた方には、色を付けてあげたくなるものです」

「でも、それでニブリスさんが怒られたりしませんか？」

「ふふ、大丈夫ですよ。我々としても、次の利益を生むための投資なんですから」

ニブリスさんは僕にそう言って金貨の入った革袋を差し出した。僕は丁重《ていちょう》にお礼を言って受け取る。流石に金貨2枚も多くもらうのはかなり気が引けたけど、ニブリスさんの厚《こう》意《い》を無駄にするのはそれ以上に胃が痛い。

「ありがとうございます。こんな僕に色々と目をかけてくれて……」

「こんなって、コヒナタさんはもう街の有名人ですよ。みんなを助けているじゃないですか。もっと自分を評価してあげてください。もったいないですよ」

ニブリスさんは優しい笑顔で僕を褒めてくれる。本当に大したことはしていないんだけど、結構有名人になっていたようです。恥ずかしいな～。

「ふふ、じゃあ、取引はこれで完了ですね。また、うちにお掃除に来てくださいね」

ニブリスさんは手を振ってギルドへ戻っていった。

とても温かい言葉をくれたニブリスさん。この街の人達はみんな優しい人ばかりで元の世界のことなど忘れてしまいそうだ。まあ、忘れてしまってもいいと思い始めてるんだけどね。

ウィンディには馬車を置き場へ戻しに行ってもらい、その間に僕は鍛冶屋【龍剣】へと向かう。また煙突が汚れたということで、掃除です。

「あ～来た来た！　待ってたよ」

エレナさんが迎えてくれた。エレナさんは僕の手を取るとすぐに地下工房へ引っ張っていく。

「も～、おじいが熱中するもんだから、あっという間に煙突が凄いことになっちゃって……」

エレナさんは呆れ声で言った。何でも、煤《すす》が落ちてくるほどの汚れ具合らしい。

上階でも聞こえていたハンマーの音は、工房に着くとさらに大きくなった。ガッツさんが額《ひたい》の汗を拭《ぬぐ》いながら、火の前でオリハルコンの盾を叩いている。

「おじい、あれから一睡《いっすい》もせずに、食事の時以外ずーっと作業してて……身体《からだ》壊《こわ》しちゃうよ」

「ええ！」

オリハルコンを渡したのっていつだったっけ？　あれから無休って……オリハルコンって加工が難しいんだろうか？

「おじいはレンのよりも強いのを作ると張り切ってるの。何度もやり直してるんだけど超えられないみたいで、意地になってるんだよ」

あんな一時間もかからないで作ったものを超えるために、そこまで命を削《けず》らなくても！

もしかしてあの武器、そんなに特別だったのだろうか？

僕の知識では、普通のRPGとかだとパラメータの強化だけじゃなくて、属性への耐性とか、プラスアルファのものがあって初めて特別と呼べると思ってたんだけど。

……っていうか、そもそも見比べるものがなかったんだから気付けないよ。

「とりあえず、掃除に入りますね」

「は～い」

エレナさんは妙に楽しげに話す。そんなに掃除してもらうのが嬉しいのかな？　綺麗好きな人なのかもしれない。

なんて気になりつつも、また煙突のてっぺんへ。僕的には前回と同じくらいの汚れに感じるが、毎日見ている人からしたらあの時以上なのだろう。

特に苦戦もせずに、清らかな水で一掃しました。

降りてきた僕に、エレナさんがタオルとオレンジジュースを渡してくれた。

「相変わらず早いね～。はい、これ」

「ありがとうございます。ん、美味しい」

僕はタオルで顔を拭き、ジュースを口に入れる。酸味《さんみ》が疲れに効く……ありがたい。

「何じゃ、来ておったのか」

ガッツさんは手を休めて、僕らを見た。さっきも隣を歩いていたのだが、気付いていなかったようだ。

「レンよ。これを見てくれんか？」

ガッツさんは今まで打っていた盾を僕に見せる。

【オリハルコンのサークルシールド】ＳＴＲ＋１００　ＶＩＴ＋２００
ああ、と僕は少し後ろめたい気持ちになる。

改めて僕の作ったショートソードの数値を思い出すと、その差は歴然《れきぜん》だった。

【オリハルコンのショートソード】ＳＴＲ＋５００　ＡＧＩ＋３００
武器と防具だからＳＴＲ値に差があるのは当然だとしても、僕が作ったものより下位装備になっていることは、残念ながら確かだった。

「……やはり、弱いか？」

ガッツさんは悲しそうな顔でそう尋ねる。

僕ははっきり言うべきか悩《なや》んだ。しかし、職人であるガッツさんに取り繕っても意味はないだろう。僕は心を鬼にして、本当のことを告げた。

「きついことを言うようですが……僕が作ったものの半分にも満たないかと……」

「そうか……お前なら本当のことを言ってくれると思ったよ。ありがとう」

ガッツさんは、何か憑《つ》き物が落ちたような表情になった。

「まだまだ儂は鍛冶屋としての腕が上がるということだな」

その声に、沸々《ふつふつ》と闘志が燃えているのを感じた。

そしてガッツさんは握りこぶしに力を入れて、僕とエレナさんを交互に見ると口を開く。

「エレナ、レンと夫婦になれ。おじいの命令だ」

「「ええ!?」」

何を言うかと思えば、突然爆弾を放り込んできた。

目を丸くする僕をよそに、エレナさんは顔を真っ赤にしてガッツさんの胸倉《むなぐら》を掴む。

「ちょ！　ちょっと！　急に何言うのよおじい！」

「ほっほっほ、エレナも満更《まんざら》でもないようなことを言っておっただろ」

さらに慌てふためくエレナさん。一瞬目が合うが、すぐに視線を外し地下から出ていってしまった。

「ガッツさん、からかわないでくださいよ」

「からかいだと？　儂は本気じゃぞ。鍛冶の神に好かれとるレンの血筋がほしいんじゃ」

そんなこと言われてもこれは召喚チートだから、遺伝するとは考えられな……って、そもそもエレナさんに僕なんて釣《つ》り合わないよ。

「まあ、レンは競争相手が多そうだがな。ともあれ、本人が気付いとらん今のうちだと思うんじゃがのう。うちのエレナもウブじゃからな～」

もう、何を言っているのかわからない。掃除も終わったのでお暇《いとま》しよう。

「じゃあ、ガッツさん。また来ますね」

「おう、またな」

地下から戻ると、エレナさんが店番をしながら頬杖をついてふて腐れていた。やっぱりからかわれて怒っているみたいだ。ガッツさんも程々にしてあげてほしい。

「なんかすみません、エレナさん。また」

「…………」

無言で手を振るエレナさん、何だか顔が怖い。

「も～レンレン、待ちくたびれたよ！」

鍛冶屋から出るとウィンディが現れ、すぐに腕を組んでくる。

これでもかなり早く済ませた方なんだけどな？

そう思っていると、何だか寒気《さむけ》が……。

後ろを振り返ると、店の中からエレナさんが、すっごい睨んできています。

僕は別に何も言っていないのに……ガッツさんのせいだ。

ウィンディに腕を掴まれながら、次の依頼先へと向かった。

今日受けた残りの依頼は、全部排水溝の掃除だ。

『排水溝……ですか？　ああ、確かに依頼は来てますね』

『この間、雨が降ったじゃないですか。だから、詰まっている所があちこちあると思うんです』

『相変わらず人の気付かないことに気付きますね。みんな助かってますよ』

これは、今朝のギルドでファラさんと交わした会話。

一昨日の夜くらいに、結構強い雨が降ってたんだよね。季節的にも落ち葉が多くて、この間みたいに詰まってしまっていてもおかしくない。元の世界でもよくあった。

「レンレンは仕事熱心だね～」

街中を徒歩《とほ》で目的地に向かう最中、ウィンディが茶化してきた。無視してちょっと早足でいくぞ。

「ちょっと～レンレン～」

ふっふっふ、今度は撒いてやったわい。

◇

その日の夜。僕は宿の食堂でウィンディに怒られていた。

「何で先に行ったのさ～。あの後大変だったんだよ～！」

どうやら一旦僕を追うのを諦めて、僕を探しながら自分の依頼をこなしたようだ。通常ならば街中の依頼は受けないのだが、わざわざ配達の仕事を受けたらしい。

僕のどこがそんなにいいのかわからない。ファラさんに付きまとえばいいのに……。

「やっとレンレンのパーティーに入れてもらったのに、一緒に行動できないなんてダメだよ」

「あれー、パーティーに入れるなんて言ったっけかなー」

「ううひどい、私の体が目当てだったのね！」

誤解されるような言葉を言わないで！　ルルちゃんが険《けわ》しい目で僕を見ているじゃないか。

「はいはい、さり気《げ》なく胸を強調しないでください。エレナさんやファラさんの方があるでしょ」

「しどい！」

ウィンディがどこかから出したハンカチを噛みしめながら悔しがっている。

彼女も決して胸はないわけではないんだけど、二人と比べるとね。

「……まあ、冗談はさておいて。ウィンディ、この後特に用事はない？」

「ん？　あとは寝るだけだよ」

「そうか。じゃあ、ちょっと僕の部屋に来て。見せたいものがあるんだ」

「え、なになに」

僕はただ秘密を共有しようと思っただけなんだけど、ウィンディは嬉しそうにしている。

そして、ネネさんはその様子を見て「ほ～」と顎に手を当ててニヤつき、ルルちゃんも真似している。そっちは可愛いけど、ネネさんの方は何を勘違いしてるんでしょうか。

「あのね、今後のために、知っておいてほしいことがあるだけだから！」

「ええ～、レンレンの秘密ってこと～？」

身体をくねくねさせているウィンディ。う～ん、やめようかな。

「ごめん、何でもないや」

「あ、嘘です、もう黙ります！」

お口にチャックを閉めてウィンディが無口になった。

ため息をついて席を立つと、ウィンディも無言でついてくる。なんというかホント、極《きょく》端《たん》だなあ。

部屋に入り、僕はベッドに座る。ウィンディは流石に並ぶのは忍《しの》びなかったのか、床に腰を下ろした。

「これから見せることは口外《こうがい》しないでほしいんだ。今後一緒に行動してくれる仲間だから見せるってことを覚えといて。言ってる意味わかる？」

「私がレンレンのつ……じゃなかった、親友ってこと？」

つ、って何だよ、と思いつつ僕は頷きながら「友達ね」と言うと、彼女はまた嬉しそうに体をくねらせている。緑のツインテールが揺れて、まるで犬の尻尾みたいだ。

「わかった！　誰にも言わない！」

顔を近づけて意気込《いきご》むウィンディ。僕はそれを宥《なだ》めてから、いくつかアイテムを並べ始めた。

「これってあの時のゴブリン達の？　それにオーガの牙まで……ってことは、あの色違いのオークはほぼオーガになりかけだったってこと？　それを一撃って、やっぱりレンレンは……」

あれは多分、ファラさんがダメージを与えてくれてたから倒せたんだよ。だってファラさんはそれほど驚いていなかったしね。ウィンディの早とちりさ。

僕は鍛冶の王を発動させた。布はやはり反応しなかったが、牙や鉄装備は変化していく。

「え？　え～～……」

鉄は鋼に、牙も何か強そうな見た目になった。

「何これ？　なんなの？　夢を見ているのかな？」

ウィンディは若干《じゃっかん》引きつつも、目を白黒させながら自分の頬をつねる。

しばらくしてから夢ではないと理解して、現実を受け入れるべく、鋼になった鎧を触り始めた。

「やっぱり、この強度は鉄じゃないよね。それにこの牙もハイオーガの牙になってる。っていっても私は鑑定持ってないから正確にはわからないけど……これがレンレンの秘密？」

僕が頷くとウィンディは興味深そうに考え込んだ。そして、自分の弓を僕に手渡す。

「これは自分で作ったものなの。ランクで言うとEランクの弓だけど、私にとっては最高傑作。これを変えてみて」

僕は信じてもらうために弓を受け取り、弓の弦《げん》を外して触り始める。木と鉄で構成されたウィンディの弓は、次第に輝きを増して形状を変えていった。

結果、でき上がったもののランクを見ると、Cランクまで上がっていた。やっぱり、装備品は鍛冶の王が本気を出してしまうようで余計にレベルが上がっている……。


【スモールボウ】→【グレートスモールボウ】


「……めっちゃ手に馴染《なじ》む……たぶんCランク以上だ、これ……」

触っただけでランクを読み取ったウィンディ。彼女も冒険者として経験を積んでいるのが窺える。弓の弦を張り直し、弦を引く動きは手慣れていて、なかなか様《さま》になっている。

「凄い、凄いよレンレン！　これならいくらでも魔物と戦えそうだよ」

「それは良かった」

「レンレンが隠したがるのはわかった。こんなことが外にばれたら大変なことになっちゃうよね」

でしょでしょ。だから黙っていてね、ってことさ。そしてここからが本題。

「ウィンディが御者になってくれたおかげで、少し遠出ができるようになったでしょ？　前々から気になっていた、カルザ鉱山っていう場所に行こうと思うんだ」

「ほえ？」

急な話題に、ウィンディが変な声を上げた。

採掘の王のチートを存分に使える鉱山。ウィンディを助けた時に壁を掘った感触が忘れられないのである。本物の鉱山を掘ったらどんなお宝が手に入るか楽しみだ。

◇

次の日、僕は鉱山の依頼を受ける前に早朝に掃除依頼を済ませた。

依頼人はレイティナさんだ。

「何日かいなかったみたいですけど、どこかに行ってたんですか？」

「う～ん、レンさんには言っていいかしら。お城にちょっとね」

気持ち小声になりながら、彼女は言った。

お城だって？　ってことはまさか、レイティナさんって王族の関係者？　もしかして、僕の召喚の件も知っているのだろうか……。

「どうしたのレンさん？」

「あ、いえ～何でも～」

下手《へた》に喋ると墓穴《ぼけつ》を掘りそうなので口を噤《つぐ》む。

「私の友人のマリーったら、この何日か顔を見せないのよ。何やら噂《うわさ》ではミスをしてしまったらしいの。それで投獄《とうごく》されているって」

「ええ……」

もう一度驚いてしまった。ミスをしたことは知っている。驚いたのは投獄という言葉と、レイティナさんがマリーと結構親しそうにしていることの方だ。

「ほんと、宮廷魔術師なんて、なるものじゃないわね」

「大変なんですね……」

マリーって宮廷魔術師だったんだ。あんな綺麗なドレスを着て偉そうにしてたから、てっきり王女かと思ってた。

しかし投獄されてるなんて、ホントかな。

それってつまり、勇者を召喚できなかった罪に問われているわけでしょ？　魔王だか戦争だか知らないけど、戦力が欲しくて勇者を召喚しようとしたのなら、牢に入れている場合じゃないよなぁ。

「大丈夫かしらね」

「そうですねー……」

僕は曖昧《あいまい》な返事しかできなかった。早朝からフルで頭を回転させたので何だかめまいがする。

その後、レイティナさんに鉱山に行くことを伝えると一緒に行きたいと言いだしたので、早足で逃げた。

屋敷の主ともあろうお人が、そんなホイホイ街の外に出ちゃいけません！

ということで、その後冒険者ギルドで銅の採掘依頼を受けて、馬車で出発して、現在に至る。

「レンレンはさ〜、鉱山で穴掘るの？」

「穴って……鉱脈《こうみゃく》ね。そりゃあ掘るよ？」

「じゃあ、その鉄装備は全部スコップにするつもり？」

御者席のウィンディは、僕の手元で今まさに鋼に変えられている鉄装備を指して言った。

彼女を洞窟で救出した時に、たまたま倒したゴブリン達からドロップしたものだ。

そうだよと僕は肯定《こうてい》する。

だって、壊れるかもしれないもんね。ゲームでもこういう道具は複数持っておくのが基本だ。

「……どうかした？」

「いや、その……私って弓使いでしょ？　だから～……」

言葉尻を濁《にご》すウィンディ。なるほど、弓で戦うなら矢が欲しいってわけね。

「それならそうと早く言ってよ。もう仲間なんだから遠慮しない」

「流石レンレン、やっさし～」

にまにました顔を見ていると、やっぱりやめようかな……という気分になってくるが、こんなに喜ぶならまあいいか。

ということで、馬車の中では矢の製作をすることにした。

ゴブリンからドロップした木製の棍棒の先端《せんたん》に、清らかな岩をくっつけてコネコネ。

すると何ということでしょう、棍棒はいくつもの矢になり、清らかな岩も鏃《やじり》となって大地の魔力を帯びております。

鑑定結果がこちら。

【大地の矢】ＳＴＲ＋50　ＤＥＸ＋100　ＡＧＩ＋20
　地属性・着弾地点に岩の棘〈ストーングレイブ〉を発動させる。

　ふむ、チートの面目躍如《めんもくやくじょ》というか……岩をくっつけただけで地属性魔法が付加《ふか》されてしまった。

　それにステータスアップのおまけつきか。複数作ってみたけど効果の重複《ちょうふく》はないみたいだ。流石にそこまでアリだったら反則だよな。いやチートだからそもそも反則だけどさ。

　結局、棍棒二十個から二百本できました。

「できたよ。はい」

「え～こんなに？　……何だか、普通の矢より力強いような気がするね」

「ほうほう」

　どういう矢ができたのか説明すると、目を輝かせて試してみたいと言う。

　いやいや、無駄撃《う》ちはいけません。放った矢の先に人がいると危ないでしょ、と諭《さと》す。

　まるで親が子供に言い聞かせているみたいだ……。

　そうして馬車に揺られること数分。

「あれ？　正面から何か来るよ」

「え？」

矢とは別の製作をしていた僕は、ウィンディの声で荷台から顔を出した。

土煙《つちけむり》を立てて何かがこちらに向かってくる。

「もしかしてトレインかな」

トレインってなんだ。もしかして、魔物とかから逃げるうちに次々と別の魔物を引っ張ってきてしまい、たちまち電車のように列を成してしまうというやつ……？

「やばい？」

「うん、やばい」

まだトレインは遠いので、呑気《のんき》に僕とウィンディは話す。

今のうちに戦闘の準備をしておこう。

第六話　レン、召喚士になる？

武器を用意して、馬車を街道からどけておく。

もし戦闘で馬に何かあったらシールさんに申し訳ないからね。

弓使いのウィンディは後方からでも戦えるので、御者席で馬車を守ってもらうことにした。

僕は一人、土煙に向かっていく。土煙の正体はすぐにわかった。

羊の魔物が誰かの馬車を追いかけていたのだ。馬車は太った商人さんが一人で操縦している。

僕は御者席に飛び乗った。

「護衛はどうしたんですか？」

「うわっ！　誰だね君は！」

商人さんは驚いて僕を怪《あや》しんでいる。

「僕はEランク冒険者のレンです。それで護衛は？」

「Eランク……私は隣町へと行商に行った者です。少しでもお金を稼ごうと護衛を雇うのをケチったら、この有様《ありさま》で……」

「なるほど、ではお一人なんですね」

商人さんは頷いて涙目。これに懲《こ》りたら護衛はちゃんと雇ってもらわないとね。

このまま街や村にでも雪崩《なだ》れ込んだら大変だ。

「じゃあ、あの羊は僕に任せてもらっていいですか？」

「え！　Eランクではワイルドシープの相手は危ないですよ」

「大丈夫ですよ」

僕は止めようとする商人さんを尻目《しりめ》に馬車から飛び降り、土煙を立てる羊達の前へ。

剣を引き抜くとそれが合図となって、ウィンディの矢が飛んできた。群《む》れのど真ん中に着弾し、岩の棘が出現して羊達を混乱させる。

先頭にいた一番大きな羊に、僕も清らかな岩を投げつける。群れはあっという間に統率《とうそつ》を失い、何頭かは既に岩の棘によって横たわる肉塊になっていた。

ウィンディの援護はここまで。あとは僕が戦闘訓練がてら剣を振るいます。

羊達の攻撃は、正面からの突進がほとんどなので素人の僕でも動きが読めた。

リーダー格の羊をマタドールよろしく躱《かわ》して足を斬《き》りつけると、綺麗にすっ転《ころ》ぶ。

すぐにとどめを刺し、さあ残りを狩るぞと思ったものの、リーダーがやられただけで残りは退散《たいさん》していってしまった。

ステータスアップのおかげで、敵の行動が遅《おそ》く感じるのが非常にありがたい。元々運動は得意だけど、さっきみたいな闘牛士の真似事なんてできなかったからね。

アイテムボックスを覗くと、羊を解体したものと思われるアイテムが追加されていた。

複数あるので、ウィンディが倒した分も入っているのだろう。アイテムボックスと採取の王の効果はパーティーでも同様に働くようだった。

【羊の肉】4　　　【羊の毛皮】5

【羊の戦角】2　　　【羊の角】10
【ワイルドシープジェム】4　【マイルドシープジェム】3

むむ、ワイルドシープは聞いていたが、マイルドというものも混じってたのか。たぶんウィンディの弓で死んだのだろう。折角なのでマイルドシープのジェムを調べてみよう。


【マイルドシープジェム】

稀《まれ》にマイルドシープからドロップする召喚石。消費するとマイルドシープを使役《しえき》することができる。一度使役するといつでも呼び出すことができる。

また、ジェムは魔物の種類に関わらず重ね合わせることで強化が可能。強化すると、通常種、上位種、亜種、最上位種とランクが上がる。


使役ってことは、まさかの召喚士になれるのか！　これほどワクワクすることはない。

ステータスの存在を知った時からゲームみたいだとは思っていたが、さらにそれらしくなってきた。

スマホゲームのガチャなんかと違って、同じ魔物のジェムを重ねなくていいってところが最高だ。

元の世界ではあれに一体いくらつぎ込んだことか。今持っているお金でも足りないくらいだ。

ぶり返すガチャ欲を何とか追い払って、狩った羊をどうするか考える。

ただの動物じゃなくて魔物という点は元の世界と違うけど、この世界でも羊は重宝される生き物だろう。毛は装備やクッション、日用品にも使えるし、肉は食用に、骨や角は武器にもできる。

商人ギルドに売ることを考えたら、ここで身を捌《さば》いて素材にしておくべきなんだけど、正直なところ乗り気じゃなかった。

だって血って嫌じゃん……まあ、倒した時に既にたくさん出ていたけども。

ゴブリンなんかと同じく、魔物なので死体は放っておけば霧散する。アイテムボックスにはある程度素材も入ってきてるし、放置してもいいけど……と悩んでいたら、横合いから声がかかった。

「冒険者様、その羊をいただいてもいいでしょうか」

さっきの商人さんだ。目をウルウルさせていてなんだか鬱陶《うっとう》しい。

「別にいいんですけど、護衛を付けていらっしゃらなかったんですから、タダというのは……」

「当然です。本来なら私の命が失われたかもしれないのですから！」

商人さんはそういって揉《も》み手をしながら銀貨を何十枚か出してきた。

「はい、護衛料一人分と、羊の買い取り金、合わせて銀貨30枚です！」

「は、はあ……」

冒険者ギルドで依頼を受ける際に、何度か護衛の依頼書も見たことがある。

でも、そこでの相場は銀貨10枚から。街から街への長距離の護衛ならもっと高いはずだ。

それを差し引くと、羊の価格が随分《ずいぶん》安くなるんだけど……この人、買い叩こうとしてないか？

「おじさん、ダメだよ。こんな時に値切っちゃ」

そこへ割り込んできたのが、馬車を引いてきたウィンディ。

「私はDランクだけど、護衛料金の相場くらい知ってるよ。それにレンレンをランクで侮ってたら痛い目見るよ。ニブリス様に言っちゃうからね」

「ええ！　あのニブリス様のお知り合いなんですか？」

商人さんが突然怯《おび》えだした。流石ギルドマスターだけあるな。

ウィンディがニブリスさんを知っていたのも驚きだが、それを聞いた後に商人さんが改めて払ったのが金貨1枚だったのも驚いた。まさか本来の半分以下で買おうとしていたとは……。

僕が白い目を向ける間もなく、羊を受け取るや否や商人さんは逃げるように去っていった。

「ふぅ。稼げると判断したら見境《みさかい》ない商人って多いんだから、気をつけてよレンレン」

「そうなんだね……。でもニブリスさんってやっぱり凄い人なんだね。あそこまで怖がるなんて」

「え、今更？　流石レンレンだね」

　ウィンディは笑いながらそう言った。呆れられたみたいだけど、まあいいや……。


　色々ありましたが無事に鉱山へ到着。

　依頼は銅鉱石の採取なので、そっちは手早くこなしてジャンジャン別の鉱物を掘ろう。

　このカルザ鉱山は、昔ドワーフが掘ったと言われている。

　だが彼らが移住した後、坑道がそのまま魔物の棲《す》みかになってしまったらしい。僕が受けてきた依頼も、鉱山自体にはまだ資源があるが、危険なので採掘してきてほしいという内容だった。

　空はもうオレンジ色がかっているけど、山に入ってしまえばどのみち暗いので構わない。

「私はゴブリンとスライムの討伐を受けてきたから、警戒も兼《か》ねて一緒に行動でいい？」

「オッケー」

　大地の矢は狭《せま》い坑道の中だと危険なので、もう少し下位の素材で作った石の矢をあげた。

下位といっても聖属性が付加されていて、魔物相手だと凶悪《きょうあく》な性能らしい。聖属性なのに凶悪とはこれいかに。

「よし、じゃあ行こうか」

準備は万全。ウィンディと一緒に鉱山へと入っていった。

◇

坑道内は、天井を支える丸太と、トロッコ用に敷《し》かれたレールが延々《えんえん》と奥へ続いていた。

進むとすぐに蜘蛛《くも》の巣が顔にかかる。視界を確保しがてら松明《たいまつ》を点《つ》けて、火で焼き払って歩いていく。

「スパイダー系の魔物がいるみたいだね。でも、作ってもらった矢があればデッドスパイダーだってイチコロだよ」

ウィンディが弓を携《たずさ》えてそう話す。デッドスパイダーって何だと思ったら、お尻の方に髑髏《どくろ》の模様《もよう》がある大きな魔物らしい。

そうそういないみたいだけど、Bランクの魔物なんだってさ。毒を受けたら一分も持たないとか言ってる。何それ怖い。

確か解毒効果もあったし、世界樹の葉を煎じておこうかな。落ち葉掃除の度《たび》にアイテムボックスに入ってきて大量に余っているので、こういう機会に使ってしまいたい。

坑道を進むにつれ、岩の色が変わっている鉱脈っぽいものが現れるようになった。

何が採れるかわからないし、とりあえず進むついでにサクっと掘っていこう。

ちなみにつるはしは作らなかった。スキルのおかげでスコップでも代用できるからだ。

何なら剣でも掘れるが、流石にビジュアルが変なのでやめた。

スコップ片手に採掘すると、やはり採取の王が働いてくれた。銅やら銀やら、さらには金まで出る。

岩の色からしても、せいぜいここにあるのは鉄か銅くらいだと思う。そこから金が出るとなると、銀を掘り当てたら普通にミスリルなんかも出てきそうだな。

銅はあっという間に依頼の必要数に達したので、もう少しレアな鉱物を探したいところだ。

「レンレン、こっちも依頼は終わるよー」

その辺にいたゴブリンを狩りながらウィンディが言う。

魔物も結構出てきているのだが、僕は面倒なのでスコップで倒してしまっている。

一方のウィンディはちゃんと隠密《おんみつ》状態から弓で狙撃《そげき》していた。矢が思った以上の強さで、ゴブリンの頭が吹き飛んでいます。

ウィンディが言うには、清らかな岩の効果で邪《よこしま》な存在である魔物を消し飛ばしている……ということらしい。よくわからないけど、ウィンディが生き生きしているので良しとしましょう。

さらに深くへと足を進めると、空気が重くじめじめしてきた。とても嫌な予感です。

やがて開けたエリアに出た。かつていたドワーフのものらしき住居は見えるが、人はいないようで、明かりは灯《とも》っていない……だが、壁は所々光を放っていた。

あれはミスリル鉱石だ。ほのかに青い光が家々を照らし……そして、魔物も照らしていた。

シルエットは人間よりだいぶ大きいけど、蜘蛛タイプ。まだこっちに気付いてないみたい。

「一匹やると一斉に反撃してくるから、通路に引き付けて迎え撃とう」

ウィンディの提案に僕は頷く。

早速、ウィンディが矢を放った。蜘蛛達がこちらに気付き、嫌な音を立てて駆けてくる。

カサカサって音が、耳障《みみざわ》りなことこの上ない。

「ひぃ、気持ち悪い」

「私もこの音は苦手《にがて》だぁ……」

僕らはそんな悲鳴を上げながら後退し、狭い通路に蜘蛛を引き付けた。

蜘蛛達は一斉に襲いかかってきたが、通路への入り口につっかえてしまう。

「は～い縦《たて》に並んでね～、よっと！」

ここでウィンディの弓が冴《さ》える。魔物を消し飛ばす清らかな岩の矢は、複数体の蜘蛛を貫通できるのだ。脚だけしか残らない辺り、相当な威力《いりょく》だ。

「よっ！　ほっ！　はっ！」

次々に矢を放つウィンディ。蜘蛛達は通路に入るなり撃破《げきは》され、アイテムを僕に貢《みつ》ぎに来たかのように簡単に消えていく。アイテムボックスの中身を見るのが楽しみだね。

とはいえ、僕だって何もしていないわけではありません。

「はいはい、こっちに並んでねー」

ウィンディの前に出て列の整理です。ウィンディの射線を避けつつ、剣で牽制《けんせい》して並ばせないといけないので結構大変。

でも、まとめてウィンディの矢が貫通していくのを見ると何だか爽快《そうかい》です。

ただ、油断していると危ないんだよね。

「レンレン気を付けて、そいつポイズンスパイダーだよ！」

ウィンディの警告が聞こえた時には遅く、今までの蜘蛛と違う、拳大《こぶしだい》の小さな蜘蛛が腕に噛みついていた。大きい蜘蛛に紛《まぎ》れていて気付かなかった。

「おっと、やばい解毒しないと」

「レンレン、大丈夫⁉」

ウィンディが慌てて駆け寄ってくる。噛みついてきた奴は倒したけど、毒を喰らってしまい流石にちょっと狼狽《うろた》えた。でも僕には特効薬がある。

「うん、ちょっと気持ち悪いけど……水飲んだらすっきりしてきた」

「そ、そう……びっくりしたぁ」

清らかな水を飲んだらすぐさまスッキリ。何なら毒を喰らう前より目がぱっちりです。改めてステータスをよく見たら、毒と混乱状態に効くらしい。めちゃくちゃ便利じゃないか。

これからも排水溝を綺麗にいたします、ありがとう。

「ふ～、終わったかな？　レンレン、私にも水ちょうだい」

「おつかれ、はいどうぞ」

僕が解毒している間に、残りはウィンディが掃討《そうとう》してくれた。うん、段々パーティーを組んでて良かったと思えてきたぞ。

清らかな水を手渡すとウィンディはあっという間に飲み干《ほ》した。ダイナミックな飲み方で結構だけど、盛大《せいだい》にこぼしてます。水に濡《ぬ》れた肌がちょっといやらしい。

「レンレン、何見てるの？」

ニヤニヤしながら話すウィンディ。わかっているのに質問してくる辺り、何とも言えない恥ずかしさがある。

リアクションを見せたら負けな気がしたので、僕はぐっと耐えて無言で先に進んだ。

「わかったよ～、からかってごめんってば。……で、どれぐらい手に入ったの？」

ウィンディが謝《あやま》って追いかけてくる。僕は「どれぐらいだろ」とボックスの画面を開いてみせた。

【蜘蛛の糸】８２０　　　【蜘蛛の脚】５１５
【蜘蛛の目】２１２　　　【ジャイアントスパイダージェム】１３２
【ポイズンスパイダージェム】89　　　【ミスリルスパイダージェム】21

「うわあ大漁だぁ」

ウィンディから漏れた第一声は、うめき声に近かった。僕も同感。

種類も豊富だが量もすごい。具体的に言うと糸、脚、目は全部百単位で手に入った。ジェムもミスリルスパイダー以外はえげつない量だ。どうしよう。

◇

蜘蛛達のいた広い空間に戻り、さっき見えたミスリルの鉱脈を採掘しにかかる。

「おっかさんのためならよーっこらせ」

「レンレン何それ～」

こう、いかにも鉱山労働っぽいことをしているとついつい口ずさんでしまう。ウィンディは、わけもわからずに笑ってる。

「おっかさんってファラさんのこと？　言いつけちゃおうかな～」

「えー、そんなわけないでしょ。でたらめだからやめて？」

ファラさんは確かに素敵な大人の女性だけども、おっかさんなんて呼んだら怒るに決まってる。報告されたら最悪だ、どうにか口封《くちふう》じを――。

「あ、ちょっと私はその辺の魔物探してくるね」

「え？　ああ、行ってらっしゃい」

ウィンディはそそくさと奥へ行ってしまった。何かを感じて逃げたな。流石狩人だ、勘《かん》が鋭い。

仕方ないので採掘再開。既にいくらか掘ってるんだけど、やはり上位互換されたものが凄かった。

何とオリハルコンとダイヤが出ました。一振りでまとめて出た時は思わず飛び上がったよ。

もちろん僕の頬は緩みっぱなし。まさか、近場でこんなに良いものが取れるなんてね。

そして、鉱物以外にもう一種類【ゴーレムジェム】なるものが取れた。

これは嬉しい誤算だ。土の中に埋まってしまったゴーレムでもいたのかな？

回収した素材は帰り道か宿屋でコネコネするとして、今はとりあえず片《かた》っ端《ぱし》からアイテムボックスに入れていく。


そして所持数が尋常《じんじょう》じゃなくなってきた頃、ウィンディが駆け寄ってきた。

「レンレン、いた！　いたよ！」

「何が？」

「デッドスパイダー‼」

おう、そんな強敵がいたのか。

しかし、レベルも上げたいと思っていたので倒すのもいいかもな。

「まさか行くつもり⁉」

「え？　そんなに危険？」

「だって、ビッグデッドスパイダーもいたんだよ。ランクだけならどっちもBだけど危ないよ」

「じゃあ、大丈夫だよ」

僕はズカズカと奥へと進む。一方ウィンディはとても怯えている様子。やっぱり、名前に「死」とついているだけあって、冒険者からは恐れられているようだ。

蜘蛛はさておき、普段は能天気なウィンディがこうも怖がっているのはちょっとおかしかった。さっきは清らかな岩の矢を絶賛《ぜっさん》して勝てるようなことを言っていたのに、こういうところはちゃんと女の子なんだね。

「おっと、いたな」

坑道をさらに下ったところで、さっきと同じような開けた空間に出る。そこにデッドスパイダーとやらを確認した。糸を出す部分に髑髏があるので間違いない。複数いる中には、例の上位種らしき特大の個体もいる。さてどうしようか。

「ウィンディ、何かいい作戦はある？」

「ええ⁉　私？」

とりあえずウィンディに聞いてみたが、何もないみたい。代わりに僕の考えを伝えてみると、彼女は親指を立ててみせた。

僕は早速アイテムボックスから、とある種類の石を取り出して砕《くだ》く。それに松明の燃えかすを混ぜたらコネコネして完成だ。

さあ、これで何ができたかはお楽しみ。準備は整った。

「行くよレンレン」

「やっちゃいなさい」

僕の合図で、ウィンディが一番大きな蜘蛛へ大地の矢を放った。

複数の蜘蛛が岩の棘に貫かれて悶《もだ》えている。特大の奴はというと、外皮が固いのか持ち上げられるのみで、あまり効いていない。

こちらに気付いた蜘蛛達が一斉に壁や天井を這《は》って向かってきた。

「行け！　ゴーレム！」

『ゴッ！』

次の瞬間、三メートルはある巨大な土の人形が、僕らの前に召喚された。

これが作戦その一。さっき入手したジェムで作り出したゴーレムだ。その図体《ずうたい》で僕らがいる坑道の入り口をガードしてくれる。

ゴーレムはDランクの魔物でそれほど丈夫ではないのだが、それは普通のゴーレムの話。そうです。ジェムを掛け合わせて上位種に強化しておきました。ゴーレムの体はより固い清らかな岩になっていて、聖属性を纏《まと》っている。蜘蛛にとっては天敵に等しい。

まだまだジェムを与えることはできるので、ゆく先々は亜種にしてみてもいいな。もちろん現状でも地属性と聖属性、二つの属性を持っているので充分強力だし、かなりレアな魔物になっている。

蜘蛛達はゴーレムにたたらを踏んで、少し距離を置こうとする。

『キシャ〜！』

そこへ痺《しび》れを切らした一番大きなデッドスパイダーが、不甲斐《ふがい》ない味方の蜘蛛を蹴散《けち》らし、ゴーレムに飛びかかった。

ゴーレムの体に牙が突き刺さる。ゴーレム自身に毒は効かないが、牙から垂れた毒液が周囲に毒の霧《きり》をまき散らす。

「うわぁ。こりゃ、あんまり戦いたくないな」

「だから言ったんだよ。早く次を！」

「わかってるよ」

さっき石で工作したアイテムを取り出す。砕いた石は硝石《しょうせき》。そして木炭のような可燃物と混ぜたものをこねたら——なんと爆弾ができちゃったのである。

それをゴーレムのすぐ後ろに配置して、ゴーレムを下がらせる。

『ゴッ！　ゴッ！』

デッドスパイダーに抱きつかれながらも、こちらの命令に従って後退するゴーレム。何だか酔《よ》っ払《ぱら》いを介抱《かいほう》する人みたいになってるけど、たぶん彼自身は大真面目《まじめ》だから笑うのは堪《こら》えた。

そしてついに、有象無象《うぞうむぞう》の蜘蛛達を引き連れたゴーレムが、爆弾の上を通り過ぎた。

「今だ！　ウィンディ！」

「よっと！」

ウィンディが、大地の矢ではなく火矢を放つ。

ドドドドドドドド‼

大爆発が起こった。ゴーレムに危害の及ばないギリギリの至近距離《しきん》。

煙が晴れると、蜘蛛達は粉々《こなごな》になっていた。

しかし、ビッグデッドスパイダーは身体の半分が吹っ飛んでも、まだゴーレムに噛みついている。

「残党を狩るよ！」

ウィンディはあっという間にそのビッグデッドスパイダーを仕留め、爆発を逃れた蜘蛛達を見つけて矢を放つ。ゴーレムをうまく盾にしつつ次々と射貫《いぬ》いていき、まさに狩人の面目躍如といった立ち回り。楽しそうで何よりです。

一分もせずに、周囲の魔物達は全滅《ぜんめつ》。ウィンディの射程から逃れられる魔物は一匹もいなかった。

「やった～、レベルアップ！　レンレンのおかげだよ～」

「おめでと。何かもう今でも充分強そうなんだけど、ウィンディはレベルいくつなの？」

「ん？　これでやっと20だよ」

「高っ！」

僕なんて、今回で12なのに。

っていうかこの世界の経験値、少な過ぎるんじゃないか……？　鉱山に入ってから百匹近くは倒したけど、これじゃあ先が見えないよ。

死んだらゲームみたいに復活はできないから慎重《しんちょう》にならなきゃいけないのに、あんな強敵と戦ってこれだもの。

不平不満は色々あるが、経験値は少なくてもアイテムはたくさんだからもういいや。

ということでドロップアイテムはこんな感じになりました。

【蜘蛛の糸】９５０　【蜘蛛の脚】７１２
【蜘蛛の目】２３０　【ジャイアントスパイダージェム】１６８
【ポイズンスパイダージェム】１２５　【ミスリルスパイダージェム】31
【デッドスパイダージェム】１

そして、何かいかつい盾が出てきました。鬼の顔のような形状をしていて、性能はこんな感じ。

【デッドシールド】ＳＴＲ＋50　ＶＩＴ＋３００　ＤＥＸ＋２００　ＡＧＩ＋50　即死

耐性

僕の作ったオリハルコン製の装備よりパラメータの上昇値で言うと物足りないが、即死耐性は凄いな……。

これだけの装備を落としたということは、やはりあの特大の蜘蛛はここのボスだったんだろう。

ボスを狩れる力があればこの世界で有利になれる……ってことなのかも。

でも裏返すと、ボスを倒せなければいつまでも強くなれないってことだ。過酷《かこく》だなぁ。

鉱山はボスのいた広間が最下層だったらしく、さっきと違い特に鉱脈も見当たらなかったため、そろそろ撤収《てっしゅう》することにした。

ジェムで召喚した魔物はジェムに戻せるようなので、ゴーレムもそうしておいた。外ならまだしも、流石に図体が大き過ぎるからね。

ちなみに一度使役した魔物のジェムは、アイテムボックス内で色が変わる仕様《しよう》らしい。

外はとっくに日が落ちていて、やっと坑道から出たのにまた真っ暗だった。

日帰りは諦め、火を熾《おこ》して野営することにする。

早速だけど、ジェムから蜘蛛の魔物達を召喚しておいた。移動する時の音が音だけにあまり動いてほしくないけど、探知《たんち》が使えるらしいので暗闇では最高の護衛になる。

「レンレンってやっぱ凄いね」

「え？　何が？」

「だってアイテム作りだけじゃなくて、テイマーとか召喚士みたいなことができるんだもん……」

感心してくれるのはいいけど、ウィンディは何か勘違いしているような気がする。僕はただの……何だろう、強いて《し》言えば鍛冶士とか？

確かに色々やってるから、自分でも定まってないけどね。たぶん街の人に聞いたら掃除屋さんとか言われそうだ。

「レンレンのおかげで夜襲《やしゅう》の心配しなくて済むからいいな～。臨時《りんじ》のパーティーとか組むとさ、狩人だからって私が見張り番になることが多いんだよね」

「へえ……一人で夜番はきつそうだなあ」

「でしょ～？　大変なんだから」

でも、やっぱり狩人としての技能はこういった時に役立つんだね。

ちなみに蜘蛛は、獲物を見つけたら動くように命令してある。蜘蛛達がどこかへ駆けて行ってしばらくすると、アイテムボックスにドロップアイテムが入ってきた。

「じゃあ、おやすみ」

「おやすみ～」

馬車の中で横並びになって寝る。初めての野営は安心して眠《ねむ》れたが、カサカサというあの嫌な音だけは何とかしたいな、と思うのだった。

第七話　マリー再び

翌日、野営から起きたらすぐに、テリアエリンへの帰路《きろ》についた。

「レンレン、ジェムから出した魔物って何でも言うこと聞くの？」

道中、僕はゴーレムが気に入ったので馬車の前方を歩かせていた。それを見てウィンディは疑問に思ったようだ。

「今のところは特に受け付けない命令はなさそうだよ」

「じゃあ、肩に乗っても大丈夫かな？」

なるほどね。ゴーレムにはウィンディも味方だと言ってあるので大丈夫なはずだ。

ウィンディが馬車を停め、乗せてーと言いながらゴーレムに駆け寄る。

『ゴッ！』

するとゴーレムは器用に屈《かが》み込み、ウィンディを肩に乗せて立ち上がった。

「わぁ、高ーい」

ウィンディはご機嫌《きげん》に天を仰《あお》いだ。

ゴーレムも一緒に空を見ている。ちょっとだけど、人間らしさが見え隠れしている気がした。

「前方には何かいる？」

「う～ん、来た時に遭遇《そうぐう》したような魔物はいないみたい」

鉱山から下ってきて以降はずっと平原なので、見晴らしがいい。それに狩人をしているウィンディは遠目が利《き》く。高い所は彼女にうってつけの場所なのだ。

「じゃあ、のんびり行こうか」

馬車はゴーレムの腰に結《むす》んだ紐《ひも》で引っ張られていて、馬はただゴーレムについて行くだけ。馬も疲れないし一石二鳥《いっせきにちょう》だ。

「ご、ゴーレム馬車……」

時折すれ違う他の馬車からはそんな声が聞こえたが、僕は製作に夢中なので聞かなかったことにします。昨日出会った商人のような行商の馬車だけでなく、乗合馬車なんかも行き来しているのだろう。

はしゃぐ子供の声が聞こえたりもしたので、ゴーレムを見ては

「やっぱり合成ってできないのかなぁ」

今までの物をかけ合わせたりできたら最高に面白いのにな、と思う。

しかし前に予想した通り流石に二重三重の上位互換はできないらしく、スキルで作ったもの同士を合わせてこねようとすると見えないバリアに阻《はば》まれるのだ。

この世界の理《ことわり》に反しているのだろうか？　なんて難しく考えていると、久々に頭の中でシステム音声が聞こえた。

（【鍛冶の王】のレベルが上がりました【E】→【D】）

「あ、鍛冶の王のレベルが上がった」

ステータス画面から説明を読んだところ、レベルが上がったことでできることも増えたらしい。

その一つが、ちょうどさっきまで疑問に思っていた、かけ合わせである。

これにより粗悪品であったゴブリンの服のかけ合わせが可能になり、金属とコネコネすることで色々な武器を作り出せるようになった。

例えば、この銅。銅とコネコネすると銅の槍に、また銀とコネコネすると銀の槍に……といった具合だ。かけ合わせだと、グレードアップはしないみたい。

でもこれだけでも面白い。コネる金属の量によって、持ち手の部分が金属になるか布っぽくなるかが決まったりするのだ。他にもそうした配合の量次第で、性能や強度も変わるらしい。

「ともかく、これで普通の店に卸せる品が作れそうだ」

これまではどうしても、ものが良すぎて逆に市場に出せないことがほとんどだった。変に目立ちたくないというのもあって、ニブリスさんに頼んで匿名《とくめい》で、ごく少数を売らせてもらっていた。でもこれでその手間もかけずに済みそうだ。

そうこうしているうちに、テリアエリンの街が見えてきた。

ゴーレムは目立ちそうだったのでしまうことにする。ウィンディは文句を言っていたけど、御者席に座らせた。本来の自分の仕事をしてください。

「レン・コヒナタだな?」

「え?　はい」

門に着き、馬車から降りたところで、門番の兵士達が僕を取り囲んだ。

「王様がお呼びだ。すぐに城まで連行する」

「ええっ!」

問答無用《もんどうむよう》で両腕を掴まれる。もしや、スキルを持っていることがばれたのか。どうしよう。

「ちょっと何すんの‼」

「君は来なくていい、王様にはあくまでこの男を連れてくるようにと言われているからな」

止めようとするウィンディを引き剥がし、強引に引っ張って城へ向かう兵士達。ウィンディは怒りを露《あら》わにしていたが、王様の命令と言われては平民に手出しはできない。

何だかまるで犯罪者みたいだ。街の中央を抜けていったので、色々な人に見られてしまった。

何でこんなことに……。

◇

城の前に着くと、見たくもないあの女が立っていた。

「お久しぶりですね。レン・コヒナタ」

僕をいらないと言って放り出した宮廷魔術師、マリーだ。

相変わらず綺麗なドレスでとても美しいけど、好感はとても持てない。

強制的に召喚された挙句、あんな扱いを受けたからね。そりゃ顔も見たくないさ。

「あなたは私達に嘘をついた。そうよね？」

「…………」

マリーは険しい顔で僕に近づく。彼女が兵士に合図をすると、僕は跪《ひざまず》かされた。

「あなたは特殊《とくしゅ》な能力を持っていた。どんな能力ですか！　さあ、言いなさい！」

会って早々に僕を罵倒《ばとう》するマリー。折角の綺麗な顔が台無《だいな》しである。

「マリー様、とりあえずお城の中に」

「⁉　そうね」

兵士の声に、彼女ははっとして周りを見た。城の使用人や、僕が連れて行かれるのを見て心配そうについてきた街の人達が見ていたのだ。

マリーは顔を赤くして城に入っていく。僕は再び兵士に引っ張られ連行されていった。

城の中に入ると、手持ちや鞄の中の所持品を没収《ぼっしゅう》された上で、前回とは違う部屋に通された。

いわば牢屋だ。

湿気《しっけ》が強く、水が天井から滴っている。日本の夏のような湿度に少し懐《なつ》かしさが湧いたが、すぐに気持ちを切り替えた。

「今日からここがあなたの部屋よ。本当のことを話す気になったら出してあげる」

マリーは顔を歪《ゆが》めてそう言い捨てると、牢屋を出て行った。僕はため息とともに床へ座り込む。

こりゃ相当恨まれてるな。投獄されていたというのも本当なのかもしれない。

ただ正直に話したところで、向こうに僕を解放する気はないだろう。

だって、そこら辺の木の枝を取るだけで世界樹のアイテムになるんだもん。こんなチートを、王や貴族が手放すなんてありえない。僕が逆の立場なら利用する。

それにしてもマリーは、どこで僕の秘密を知ったんだ。

誰から洩《も》れたのだろうか？　あるいはマリー達によって、吐かされたのか。

「レイティナさん……それにニブリスさん？」

マリーと知り合いだったレイティナさん、それに僕が作ったアイテムを直接卸していたニブリスさん。この二人が可能性としては高そうだけど、断言はできない。【龍剣】のエレナさんやガッツさん、それにファラさんも、僕の謎には薄々気づいていたみたいだし。

とにかく、良くしてくれた人達を疑《うたが》うのは悲しいから製作でもしていよう。

「……兄ちゃん、何か食べ物があったら分けてくれねえか？」

すると、向かいの牢屋から声がかかった。

長い銀髪で冒険者風のおじさんだ。以前出会った衛兵のエイハブさんより、わずかに年上だろうか。

その顔は真《ま》っ青《さお》で、今にも倒れてしまいそうになっている。身体もやせ細っていたので、ひとまずアイテムボックスからパンを取り出して渡す。

鉱山へ出かける前、ネネさんからもらったものだ。もちろん鞄の中を経由して出したので怪しまれることもない。おじさんは涙してかぶりついていた。

「兄ちゃん、いい奴だな……何でこんなところに放り込まれたんだ。あの女が、あんな怖い顔で怒るなんざよっぽどのことだぜ」

「僕は何もしてないですよ……」

ただ望まれない召喚に巻き込まれて、見えないスキルを持ってしまっただけだ。それも、盗人の勇者を呼ぶための召喚にね。

「あんたも大変だな」

「おじさんはどうしてここに?」

「俺は……少し前に魔物の群れのスタンピードから逃げちまってな。それからずっとここさ」

あらら、敵前逃亡ってやつか。この世界でも結構重い罪なんだね。死刑よりはいいけどさ。

「なあ、外のみんなは元気か？」

おじさんは暗い声で聞いてきた。

「ん、みんなって街の人ですか？」

「ああ、そりゃそうさ。敵前逃亡した身でもな、街を守りたかったのはみんなと一緒なんだよ。ただその時戦った男達は、結構な数が死んじまった」

この街にやけに旦那さんを亡くした女性が目立ったのは、そういう理由だったのか。

「俺にもっと力があれば、くじけない心があれば、少しは違ったのかと思うよ」

「仕方ないですよ、誰でも死ぬのは怖いんです。あと、街の人達は元気そうでしたよ」

僕はハンマーとミスリルを取り出しながら話す。

音に気を付けつつ叩くと、ミスリルは青白い光を放ち、辺りを照らした。

「なら良かった……おお、あんた、鍛冶士なのか」

「ええ、まあ。マリーの狙いはこれですよ。言わないでくださいね」

どうせ、アイテムボックスにしまってしまえば取られることもないので、製作に精を出す。何もしないんじゃ、時間がもったいないもんね。

それにいざとなったら、ゴーレムやスパイダーズを召喚すればすぐに脱出できるだろう。ただ、大騒《おおさわ》ぎになって死傷者が出るような事態にはしたくないだけだ。

「すげえな……俺はルーファス、あんたの名前は？」

「僕はレンです。よろしくお願いしますね」

僕が自己紹介を返すと、ルーファスさんはニカッと笑って寝そべった。僕も自分の作業に専念《せんねん》することにした。

翌日。僕は暇を持て余しつつ、時折製作をしながら、ルーファスさんと雑談をしていた。

「ははは、そりゃすげえな」

鉱山で爆弾を使った話をすると、ルーファスさんは大笑いする。

ルーファスさんはベテランの冒険者で、ランクもCまで行ったらしい。

だけどある時、左腕の肘《ひじ》から先を切断することになってしまって、街の衛兵になった。

そしてスタンピードがあった際に戦えず、敵前逃亡してしまったと。

「しかし、そのジェムも見事なもんだ」

魔物を召喚できるジェムを見せると、目を輝かせたルーファスさん。やっぱり冒険者の血が騒《さわ》ぐのだろうか？

「……シッ！　誰か来たぞ」

不意にルーファスさんが鋭い声で言い、牢屋の隅《すみ》に離れていった。

僕もすぐさま、出していたアイテムをボックス内に戻す。

しばらくすると、カツンカツンと足音が近づいてきた。湿《しめ》った牢屋では不気味に感じる音だ。

「さあ、コヒナタ。言いたくなったでしょ？　食事抜きで一日経った。どうなの？」

足音の主、マリーは僕を見下《みお》ろしながらそう言った。

僕は自前の食べ物があるので大丈夫なんだけど、いかにも弱ってますと体育座りしてマリーを見やる。

「ふふ、いい気味ね。あなたのせいで私が泥を被《かぶ》らされたのよ。あなたは良いわよね。優《すぐ》れた能力を使ってみんなに媚《こ》びへつらって。レイティナまであなたにほだされているし。……でも、もうおしまいよ。ここに一生閉じ込めるか、奴隷《どれい》にしてやるんだから」

マリーはそう言って踵《きびす》を返す。

彼女の足音が遠ざかっていくのを確認したら、ハンマーと鉱石を取り出し、製作製作製作！

「……お前、凄いな。あんなたんか切られて、すぐそれかよ」

「別に肝が据《す》わってるわけじゃないですよ。気にしてないだけです。無一文で投げ出されたんだから、やりたいことやって何が悪いのさ」

最初に少しでも良識《りょうしき》ある対応をしてくれていれば、今の僕の気持ちも少しは違っていたのにな。

「逃げないのか？」

ルーファスさんは何か察したのか、僕にそう聞いてきた。だけど、王城には何の罪もない使用人や、エイハブさんみたいな良い人もいるんだ。あまり騒ぎにしたくない。

「逃げたいけど、傷つけたくない人を傷つけることになるかもしれないですから」

無理に脱走したら、街の人にまで迷惑《めいわく》がかかるかもしれないしね。

特に【龍の寝床亭】のネネさんには長いことお世話になった。

たぶん、今も兵士が僕の部屋を調べているだろう。本当に何もないから、ネネさん達に危害は及ばないはずだけど、捜索《そうさく》が入ったことで変な噂が立たないといいな……。

日暮れ頃になって、再び足音が聞こえてきた。

「また、来客か？」

ルーファスと僕は自分の牢屋の奥に隠れる。

暗くてよく見えないが、兵士と女の人が僕の牢屋の前で立ち止まった。

「レン、俺だ。エイハブだ」

「え？　ホントだ、お久しぶりです」

驚いて近づくと、確かにその兵士はエイハブさんだった。そして、女の人の方は……。

「レンさん、すみません。私がマリーに話してしまったせいで」

シュンとして俯くレイティナさん。彼女は事の詳細を話してくれた。

僕が鉱山に出かけている間、投獄されていると思っていたマリーから連絡があったそうだ。急いで王城に駆けつけたら、マリーは僕の情報を尋ねてきたらしい。

レイティナさんが僕のことを面白おかしく話していると、マリーは顔を真っ赤にして怒り、立ち去ってしまったと。

恐らく自分がコケにされていると思い込んだのだろう。被害妄想《ひがいもうそう》で投獄されたんじゃたまらないな。

「……それでな、レン。レイティナさんとも話したんだが、お前を逃がそうと思っているんだ」

「え？」

唐突《とうとつ》に、エイハブさんは凄いことを言ってきた。

衛兵がそんなことしていいのかと当惑していると、エイハブさんは小さな声で続ける。

「レンにはこのまま、もう二日ほどこの牢屋にいてもらう。ああ、飯は任せろ。マリーの部下に金を持たせて俺が持ってくる」

「え？　ご飯はいいですよ。僕は自前の物があるので。無駄遣《むだづか》いしないでください」

エイハブさんの言葉に答えながら僕はポケットからパンを取り出す。むしゃむしゃ食べている僕を見て唖然とする二人。

「なるほど。マジックバッグを持っているんだな。お前の担当の冒険者ギルドの受付係から聞いたが、デッドスパイダーまで倒したというじゃないか。さてはそこでドロップしたか」

エイハブさんは「まあ、倒したと聞いた時は嘘だと思ったがな」と付け加えて話す。

ボス級の魔物がいるエリアには、そういうレアなアイテムが落ちていることが多いそうだ。

ゲームのように宝箱が置かれているわけではないからか、見落としがちらしい。エイハブさんは勘違いしているけど、僕の場合はデッドシールドがそれだったのかもね。

ファラさんに聞いたということは、僕が捕まってからウィンディが報告してくれたのかな。僕を助けるためにあの二人も動いてくれているようだ。

「よし、ひとまず飯はなしで大丈夫だな。じゃあ、二日後に決行だ。夕方のこの時間にまた来る。鍵《かぎ》もこっちで確保するから……って、それどうやった‼」

エイハブさんは話を途中で打ち切って、目をまん丸くした。

その視線の先には、無残《むざん》にねじ切れた鉄格子《てつごうし》。

昔の脱走の達人みたいにお味噌汁で錆《さ》びさせた……というのは冗談で、僕が鍛冶スキルでコネコネしてちぎったのだ。こねた部分だけ、ご丁寧に鋼に昇格している。

そして、最後の一本をこねると鉄格子は丸ごと外れた。僕の方にのしかかってきたので重い。

鉄格子が外れたままではマリーが来た時にまずいので、いそいそと再度コネコネして格子を繋げておく。そんな僕を見て、エイハブさんは大きくため息をついてから呟いた。

「……鍵を盗んでくる必要もなくなったな。これ、俺達いらなかったんじゃないか？」

「ええ、そうね」

二人揃ってしょんぼりしている。自分達で助けると意気込んでいただけあって、僕がす

でに逃げられる状況になっていることにショックを受けたようだ。僕は慌てて二人を励まします。

「僕は二人が来てくれたから出るつもりになったんです。牢屋の外の準備はお二人にしかできないですし、お二人のおかげですよ」

「おお、そうか！」

「そうですよね！」

うん、あっさり立ち直ってくれたから良かった。

二人はルンルンとスキップしそうな勢いで牢屋から出ていく。周囲の人に怪しまれそうだが、大丈夫だろうか？

「なあレン、俺も連れていっちゃくれねえか？」

ルーファスさんが奥の方から出てきてそう言った。

「俺も強くなって、誰かを守れる男になりてえんだ。この左手さえあれば、あんなことにはならなかったのによ」

悔しそうに壁を叩くルーファスさん。

「……魔物とは戦えそう？」

「ああ、俺はもう逃げない。何匹いようが斬り掛かってやる！」

僕は脱走した後のことを考えていた。

きっと、テリアエリンの街にはもういられないだろう。馬車か何かで他の街へ逃げることになる。

だけど相手は王や兵士達だ。追っ手を放たれたら、撃退《げきたい》するか逃げ続けなければいけない。

そんな旅に巻き込む人数は、やはり減らしたいと思った。ウィンディもそうだけど、ルーファスさんも、万が一のことがあったらお金をあげてでも突き放した方がいいのかもな……。

あんまり塞ぎ込んで考えるのも良くないので、計画の日まで僕はいつも通り製作をしていた。

その間、話し相手はルーファスさんだけということもあり、結構仲良くなった。

試したのは鍛冶系の製作だけではない。世界樹の葉を清らかな水で煎じてみたら、【世界樹の雫《しずく》】というとんでもないものができた。ルーファスさんに飲ませてみると……。

「お、俺の左腕が‼」

トカゲのしっぽのように、なんと腕が生《は》えてきたのだ。ちなみにアイテムの効果はこんな感じ。

【世界樹の雫】飲んだ者のあらゆるケガを治《なお》す。また、穢《けが》れた大地を清らかにする。


「しかも、うめぇー！」

ルーファスさんが叫んでいる。僕も飲んだけど、とても美味しいです。リンゴジュースのような喉《のど》ごしでラフランスみたいな香りが鼻を通っていく。

何とも言えないが、食レポの達人ではないのでこれで許しておくれ。

第八話　脱走

ついに計画の日。

ルーファスさんと二人でパンを食べていると、牢屋に足音が聞こえてきた。

この間より人数が多いと思ったら、エイハブさんとレイティナさんに加え、ウィンディもいた。

「レンレン！　無事だった⁉」

「あ！」

待ったをかける間もなく、ウィンディが涙目で鉄格子を掴む。

いつでも出られるよう、鉄格子は今朝からほぼ外した状態になっていた。それがウィンディの重みに耐えられずにへし折れ、僕の方に倒れてきた。

慌てて牢屋の壁際《かべぎわ》まで逃げて下敷《したじ》きになるのを回避《かいひ》。牢屋中に鉄格子のやかましい音が鳴り響いた。

「え、何で鉄格子倒れたの？　えっ？」

混乱しているウィンディに、ちょっといたずら心が湧く。

「ウィンディ、太った？」

「そ、そんなことないよ！　……ないよね？」

泣きそうな顔になったので笑いながら種明かしをすると、ウィンディは僕を罵倒しながら胸をポカポカと叩いてきた。ちょっとやりすぎちゃったかな。

「二人とも、再会を喜んでいるところ悪いが急ぐぞ」

「あ、ちょっと待ってください。あっちの人も連れていくので」

「ん？」

すぐにルーファスさんの鉄格子も壊す。中からのそりと出てきた彼を見て、エイハブさんはギョッとした。

「敵前逃亡のルーファスか……」

「そう言ってくれるなよ」

悲しげな顔になるルーファスさん。やっぱりみんなに知られているみたいだね。レイティナさんも知っているらしく、少し心配そうな顔をしている。

「あの時は心が弱くて、腕もなくて戦えなかった。だけど、今は違う。レンに腕まで治してもらった。俺はレンのために死んだっていい」

いやいや、僕なんかのために死なないで。もったいないから。

っていうか、そういう言葉は男の僕じゃなくて、女性に言ってください。

「ということなんでルーファスさんも反省してますし、見逃してください」

「まあ、レンがそう言うならいいか……って、こんなことしている場合じゃない。早く行くぞ」

エイハブさんは駆けていった。僕らもそれに追従《ついじゅう》する。

牢屋を出ると、久しぶりの陽の光に目を刺された。眩し過ぎて開けていられないくらいだ。

すると僕の手をウィンディが掴み、引っ張ってくれた。いかん、ちょっとカッコいいと思ってしまった。

「エイハブ！　おい、どこに行く気だ！」

門兵から声をかけられたが、エイハブさんは僕らを連れて無言で走り抜ける。僕を助けてくれたのはいいけど、やはり無理をしていたみたいだ。この後どうするつもりなんだろう？

「待てー‼」

城下町に入る頃には、後ろからマリーの部下達が追いかけてきた。僕らはひたすら走り、坂を下って馬車のある門へ向かう。

そこへ思わぬ助っ人が現れた。

「あ～ら。ごめんあそばせ！　うちの馬がお水を飲みたいらしいのよ」

「あらあら、そちらもなのね。私の馬もよ！」

「くそ、早くどかせ！」

シールさんとニブリスさんが、セリフ棒読みの演技で馬車を道に広げ、追っ手を妨害《ぼうがい》する。

僕が何度も頭を下げてお礼を伝えると、二人は手を振ってくれた。

だがやがて、別の追っ手が追い付いてくる。騎兵だ。あの速度じゃ街の外まで逃げ切れない。

「おっと～、熱したハンマーが！」

「あらあら、こっちは熱したフライパンだよ！」

またもや助っ人が現れた。鍛冶屋のガッツさんと、散々お世話になったネネさん。

アツアツのフライパンやハンマーを当てられ、堪《たま》らず暴《あば》れた馬が騎兵を振り落とす。

「何をするか無礼者《ぶれいもの》！　王命に逆《さか》らうものは厳罰《げんばつ》に処すぞ！」

「ああ？　厳罰だと？　この大人数をか！　ならやってみろ！」

「そうよそうよ！　偉そうにすんな！」

振り落とされた騎兵が武器を抜こうとするが、集まってきた街中の人々に囲まれ気圧《けお》されている。

取り囲んでいるのは、見覚えのある人たちばかりだ。仕事中に飲み物を差し入れてくれたおばさんから、飲食店の手伝いでアドバイスをくれた青年まで。

何だか胸が熱くなる。でも、僕はこの街を離れないといけない。もうちょっといたかったな。

「みんな、ありがとう！　テリアエリンの街は最高でした！」

みんなは無言で僕に手を振った。僕は目元を拭って、門へ急いだ。


「事を荒立ててすまない。この街のことは頼んだぞ」

「はい！　エイハブさんの分まで頑張ります」

ウィンディが馬車を準備する間、門番の若い兵士にエイハブさんが話している。

別れの挨拶のようだけど、エイハブさんもどこかに行くのかな？

「俺もお前について行くぞ。なんたって俺は王に反旗《はんき》を翻《ひるがえ》したからな。このままここにいたら死刑になりかねん。ま、レイティナが何とかすると思うがな」

「え、ええ⁉」

僕は唖然とした。まさか、僕のためにそこまでの決意をしていたのか。

「ごめんね、レンさん。私が口を滑《すべ》らせてしまったせいでこんなことに」

一方、レイティナさんはまだ悔いているようだった。

「いいえ、それ以上にレイティナさんにはお世話になりましたから。逆に、これ以上この街にいたら外に出たくなくなってたかもしれないですし」

みんなに会えなくなるのはとても寂《さび》しいけど、せっかく異世界に召喚されたんだから、旅はしたいと思っていた。どうせなら楽しもう。

「はいはい、みんな、早く乗って～」

準備を終えたウィンディが馬車の御者席からみんなを急《せ》かす。

レイティナさんに「またいつか」と別れを告げ、エイハブさん、ルーファスさんとともに乗り込む。

すると、何故かそこには見知った女の子がちょこんと座っていた。

「え、エレナさん？」

「……おじいが『レンの嫁になったら帰ってこい』って」

「ええ‼」

びっくりすることだらけである。ガッツさんのあのからかいは本物だったたってことか。

でも、僕にはもったいないよ。どうしよう。

「はは。レンはモテモテだな」

「その声は……まさかファラさん？」

「やあ、元気そうだね」

鎧を着て、冒険者の恰好《かっこう》になっているファラさんが現れ、にこやかに笑う。

「不思議そうにしているね。私はたまたま、よその街のギルドに呼ばれて、たまたま知り合いの馬車がいたから乗せてもらうだけだ。別にいいだろう？」

そんなわけあるかーって突っ込もうかと思ったけど、やめておいた。

そうして全員が馬車に乗り込み、エイハブさんの「いいぞ、出してくれ！」という声で馬車が走り出す。

僕、ウィンディ、ファラさん、エレナさん、それにエイハブさんとルーファスさん。

すっかり大所帯《おおじょたい》になってしまった。

大勢を巻き込みたくないと思っていたのに、不思議と悪い気はしない。

こうして、僕の脱走劇は街の人達の手によって成功に終わった。

後日、王様は民衆や他の貴族によって糾弾《きゅうだん》され、やがて別の人に王位が渡ったという。

それが何とまさかのレイティナさん。彼女はテリアエリン元国王の姪《めい》で、隣のレイズエンド国王の娘らしい。

レイズエンドとテリアエリンは元々一つの国で、最近になって分国されたのだとか。兄弟がそれぞれ国を治めていて表向きは友好関係にあるため、国境の検問などは設《もう》けられていないそうだ。

ちなみにマリーはというと、宮廷魔術師の地位には復帰《ふっき》したそうだけど、どうなることやら。

まあ、レイティナさんがいるなら安心だ。

【これまでの入手アイテムとステータス】
レン　コヒナタ
レベル　5　↓　12
【HP】　90　↓　146　【MP】　80　↓　129
【STR】　45　↓　90　【VIT】　40　↓　85
【DEX】　49　↓　84　【AGI】　59　↓　76
【INT】　35　↓　54　【MND】　35　↓　54

スキル
アイテムボックス【無限】　鍛冶の王【E】→【D】
採掘の王【E】　採取の王【D】

アイテムボックス【無限】内訳
【世界樹の葉】450
【世界樹の枝】250
【清らかな水】320（瓶入り）
【清らかな土】280
【清らかな岩】80
【オーガの牙】2
【オークの杖】2
【オークのローブ】2
【羊の肉】4
【羊の毛皮】5
【羊の戦角】2
【ミスリル】100
【オリハルコン】20
【サファイア】4
【ダイヤ】5
【硝石】50
【プラチナ鉱石】2
【蜘蛛の糸】950
【蜘蛛の脚】712
【蜘蛛の目】230
【鋼のスコップ】1
【デッドシールド】1

【羊の角】10
モンスタージェム
【ゴーレムジェム】1
【ポイズンスパイダージェム】125
【ミスリルスパイダージェム】31
【デッドスパイダージェム】1
【ワイルドシープジェム】4
【マイルドシープジェム】3
【ジャイアントスパイダージェム】168

第九話　次の街へ

テリアエリンを出た僕らは、街道沿いを当てもなくまっすぐ進んでいた。

街が遠ざかっていく。つい最近、鉱山へ行く道で見たばかりの光景なのに、とても感慨《かんがい》深《ぶか》い。

この世界での初めての街。街の人達にも良くしてもらったし、僕の第二の故郷だと思う。こう離れることになったのは悲しいけど、後ろを振り返ってばかりいても仕方がない。こうなったからには、旅することを楽しまなくちゃ、テリアエリンの人達に悪いよね。

「まさか、レンが鍛冶士になってたとはな。それもとびきりの」

いつも通り製作を始めた僕に、馬車の護衛をしてくれているエイハブさんが感心したように言う。

「いや、鍛冶士よりは鉱夫兼《けん》職人って感じじゃないか……？　採掘スキルも持ってるんだぞ」

一方、馬車の中で僕の向かいに座るファラさんは、呆れたような声だった。ゴブリンの洞窟に潜《もぐ》った時のことを知っているからだ。

ここにいる面々には、つい先ほどスキルのことを話したところだった。

ずっと秘密を明かすのには消極的《しょうきょくてき》だったけど、脱走する時みんなが僕のために危険を冒《おか》してくれたのを見て、決心がついたのである。

「何だっていいじゃねえか。俺らはおかげでこうしていい武器を持てるんだ」

そこへ割り込んだのがルーファスさん。僕から今でき上がったばかりの短剣を手渡されると、満足そうな表情を浮かべた。

「それにしても本当にいいのかよ？　ボスモンスターからしか手に入らねえような武器をもらって……」

「いいんですよ。すぐ作れるものですし、みんな僕のために命を張ってくれたんだから」

同行しているみんなには、それぞれお礼の品を渡していた。エイハブさんにはハルバードのようなタイプの槍、ウィンディにはオリハルコンと世界樹の枝で作った弓とかね。みんな喜んでくれたから僕も嬉しい。

一方で、レイティナさんには別れ際に一つお願いをしてきた。

街の人達にもお礼を配ってほしいと、世界樹の雫を渡せるだけ渡してきたのだ。街中を掃除して得たものは街に返さないとね。

当然、レイティナさんはとても驚いていた。世界樹はエルフに守られていて、人族が目にすることはまずないそうだ。ごく一部の王族は、そこから採れた枝や葉だけ見たことがあるらしいけど。

ドワーフがいた時点でいるだろうなとは思ったけど、会ってみたいな……エロフ、じゃなかったエルフ。

「レンレン、なんかいやらしいこと考えてる？」

「え？　何でもないよ」

「ふ～ん」

御者席から、ウィンディが鋭い勘で僕の煩悩を指摘してきた。

何故ウィンディに咎《とが》められなくてはいけないんだ！　僕は自由なはずだぞ。

「二人はどんな関係なの？　いつも仲良さそうだけど」

「「え？」」

エレナさんが突然そう聞いてきた。僕とウィンディは顔を見合わせるが、ウィンディが顔を赤くしてそっぽを向く。

「え～恋び」

「恩人と御者！」

ウィンディが変なことを言いそうになったので即答しました。

ふくれっ面《つら》で睨まれたけど無視です無視。ウィンディは確かに可愛いんだけど、性格のせいでどうにも子供に見えてしまうんだよな。

もうちょっと大人っぽい人がいい――例えばそう、ファラさんみたいな。

「ん？」

立て膝で座っているファラさんが、僕の視線に気付いた。

気まずくなってしまうので、何でもないですという念を込めて首を横に振っておく。

「……そうなんだ。ってことは、まだ大丈夫かな」

一方、エレナさんは、僕の答えを聞いて何やら呟いていた。彼女自身のためにも、ガッツさんの言っていたことをあんまり真に受けないでほしい。

「エレナさん。その、別にガッツさんの言っていたことを守る必要は……」

「うっ、やっぱり迷惑だよね……」

エレナさんがドヨ～ンと負《ふ》のオーラを漂《ただよ》わせた。

「いやいや、迷惑ではないんだけど。そういう問題はやっぱり急いじゃいけないというか」

「ははは、レンは本当にモテるな」

僕が当惑していると、ファラさんが笑う。そこへエイハブさんが馬車に乗り込んできた。

「羨《うらや》ましいもんだな。俺も混ぜてくれよ」

エイハブさんは外で護衛をしてくれていたけど、前後が開きっぱなしの馬車なので話は筒抜《つつぬ》けだ。

「エイハブさんだってモテたんじゃないんですか？」

「お、そう思うか。よし、俺の武勇伝を語ってやろう！」

僕が話を振るや否や語り出したエイハブさん。

するとファラさんが「護衛を代わろう」と苦笑して馬車を降り、ルーファスさんも「新しい武器をもらったし俺も行くか」と降りていった。

街を出てからは、ファラさんとエイハブさん、そしてルーファスさんの三人が交代で護衛や斥候をやってくれている。ついでに狩りも。

特にルーファスさんは、まだみんなとの距離を縮められていないからか、よく馬車の外にいた。短剣使いなので斥候役が得意、ということなのかもしれないけどね。

でも今このタイミングでそそくさと降りたのは……エイハブさんの武勇伝から逃げたの

かも？

「御者って暇～。レンレンは操縦覚えないの？」

エイハブさんの語りが一段落した頃、ウィンディのぼやき声が聞こえてくる。

彼女の考えは手に取るようにわかる。僕に操縦を覚えさせて、自分も狩りに加わりたいんだ。

でもまあ、ここはその策に乗ってやろう。いや、ただ単に僕が御者をやってみたいだけだけどね。

――結論から言うと、僕の操縦は下手くそで、街道を蛇行《だこう》しまくりでした。

馬が僕を睨んで、鼻息荒く憤りを露わにするレベル。そんなに怒らんでもいいじゃないか……。

◇

街を飛び出してから一週間、ルーファスさんも少しずつみんなと打ち解《と》けてきた頃。

馬車はようやく次の街に着いた。レイズエンド国にある、エリンレイズ。

前の街と同様、外周をぐるりと壁に囲われている。この世界ではこれがスタンダードらしい。魔物もいるし、そりゃそうだよね。

でも、道中で所々にあった小さな村はそうもいかないらしく、簡易的《かんいてき》な木の柵《さく》がある程度だった。

仲間のみんなに聞いたところでは、ゴブリンとかによく壊されて、魔物が増えると夜も眠れない日々を過ごすらしい。そして、そんな村に派遣《はけん》されるのが冒険者、というわけだ。

しかし、あまりにも長い道のりだった。おかげで製作祭りだったが、途中で素材がなくなってしまってそこら辺の落ち葉や枝を採取したり、エイハブさん達の狩りに同行したりしていた。

みんな長旅で疲れているかな、と思ったが、どうやら全然そんなことはないらしい。

「私は冒険者ギルドに行くけど、みんなはどうする？」

街の入り口で馬車を預け、大通りに出たところで、ぐっと伸びをしながらファラさんが尋ねる。

「俺もついてくぞ。冒険者として登録し直さなきゃいけねえからな」

「私は武器屋を覗きに行くよ。もしかしたら掘り出し物があるかも」

「私もウィンディさんと武器屋にいこうかな。おじいの武器がどれほどか見たいし」

「俺は酒場だな。せっかく衛兵なんて堅い職業から足を洗ったんだ、羽を伸ばすさ」

各々、もう決めていたようです。ファラさんとルーファスさんはギルド、ウィンディとエレナさんは武器屋、エイハブさんは酒場ね。

じゃあ僕は、みんなで泊まれそうな宿屋を確保しに行こうかな。

そう思った矢先、何やら揉め事の声が聞こえてきた。

「どうか、あと一日、あと一日待ってください！」

「フォッフォッフォ、いいですともいいですとも。何日でも構いませんよ。領主様は寛容《かんよう》ですからねぇ」

目を向けると、通りの隅で必死に頭を下げる少女がいた。それと向かい合っているのは、修道服のようなものを着た白髪の男性。

司祭か何からしく身なりは綺麗で、一見普通の人だ。でも目つきがどうにも嫌な感じ。

それだけで何かを察しているのか、行き交う人々も二人から目を逸らしていた。

「お金はいつでも結構ですよ。領主様もそう言っておられます……ですが、延《の》ばせば延ばすほど、金額は上乗せしてもらわなければ。それを嫌と言ったらお父様がどうなるか、おわかりですかな？」

「そんな……」

へたり込む少女の顎を持ち上げ、顔を近づけていく男。少女はすっかり青ざめてしまっている。

「放しなさい！」

僕が踏み出すより先に、ファラさんが二人の間に割って入った。

「ん？　なんですか、あなたは？」

司祭らしき男は、怪訝な顔をファラさんに向ける。だがその容姿《ようし》を見て、わずかに口角を持ち上げたのがわかった。ファラさんも同じことに気付くと、男を睨み返す。

「あなたはこの子の友達ですかな？」

「知り合いではないけど、子供にこんなことをする人間は見過ごせないからね」

「部外者なら話に入ってこないでいただけますかな。これはその子の親との契約ですので」

男はファラさんに詰め寄る。それでも彼女は譲《ゆず》らない。

「なら、どういった話か説明してもらおうか。正当な契約なら、どこでも話せるだろう？」

ファラさんの追及《ついきゅう》に、男は少し考えて口を開く。

「その子のお父様にお金を貸したんですよ。それはそれは大きなお金をね」

なるほど、お金の貸し借りか。そういうのに教会が絡んでいるとなると、悪い予感がする。

「いくらだ？」

「今日が期限の分は、金貨10枚ですよ」

「違う！　8枚だよ！」

すぐさま少女が訂正《ていせい》する。

「……これでいいんだな」

しかしファラさんは、男を睨んだまま金貨を10枚取り出して渡した。男前過ぎる。

「フォッフォッフォ。素晴らしい、見知らぬ人を助けるとは。見たところ街の外から来たお方のようですが……どうです、私のもとに来ませんか？　この街での地位は約束しますぞ」

「返済は済んだんだろ。二度と声をかけるな」

「フン。まあ、いいでしょう。神は寛容です」

名前も知らない人と暮らすなんて考えられないよ。っていうか、ファラさんが正義の人すぎるよ。僕なんて見ていることしかできなかったのにさ。

男が立ち去ったのを見届けると、ファラさんは少女へ向き直った。

「あなた、大丈夫だった？　あの司祭みたいな男は何者？」

「ありがとうございます……あれはカーズ様です。この街の司祭をしておられます。わけあって私とお父さんは色々なところからお金を借りていて、それをあの方が一手にまとめて引き受けてくれたのですが……」

あの司祭、弱みにつけ込んで少女を自分のものにしようとしたんじゃないだろうか。

少女はファラさんの差し出した手に捕まって立ち上がり、話しだした。

「自己紹介が遅れました。私はファンナです。あなた様のお名前は？」

気付けば少女の目はキラキラしていて、ファラさんを見つめている。

まあ、男でも惚れそうになるのに、女の子がこんな助けられ方したら惚れないわけないよな。

ファラさんが名前を名乗ると、少女が彼女の腕を掴んだ。

「あの、私のお父さんは宿屋をやっているんです。お礼と言っては何ですが、どうぞ皆さんで何日でも使ってください」

少女はファラさんを見つめながら話を続けた。完全に王子様か何かを見る目だ。

みんな予定を変更して、二人についていくことにしたのだった。


ファンナちゃんに案内されてやってきたのは、大きな宿屋。

外観はかなり立派だけど、掃除が行き届いていない。いかん、これじゃ姑《しゅうとめ》みたいだ。

ファンナちゃんについていくと、寝室でベッドに横たわる男性がいた。

「お父さん、ただいま！」

「おかえり。おや、その方達は？」

僕らを見てお父さんがお辞儀をする。お父さんは、ファンナちゃんから僕らのことを聞くと、さらに深く頭を下げた。

「ありがとうございます。お金はすぐに用意しますのでどうか‼」

「お父さん……」

何かを誤解したお父さんが血相を変えて謝る。どうやら、お金を貸している側《がわ》の人間だと思われたようだ。ルーファスさんがちょっと人相悪いからな、しょうがないね。

「……では、あなたに返さなくていいのですか？」

「はい、私は目の前に困っている人がいたら助けたいので。ただの自己満足ですけどね」

ファラさんが諸々《もろもろ》の説明をすると、お父さんはホッと胸をなで下《お》ろした。

彼女がイケメン過ぎて、僕ら男達の立つ瀬《せ》がないです。

「お父さん、それでね。ここを自由に使ってもらおうと思っているの。今はお父さんも怪《け》我《が》してるから、宿としても経営できてないでしょ」

「そうだね。そのくらいしか、今の私達に返せるものはないしな」

しょんぼりとしているお父さん。何だかかわいそうだな。

建物は立派だし、土地も結構な広さを持っているようなのに、何でお金がなくなっちゃったんだ？

疑問をお父さんに聞くと重い口を開いてくれた。

「それが……ここの領主に睨まれてしまって」

ハインツと名乗ったお父さんは、これまでの経緯《けいい》を話していく。

「昔はこの宿屋も繁盛していました。その時はとても幸せで、せっせと働く毎日でした。でもそんなある日、妻のリラを娶《めと》りたいと言って、領主がやってきたんです」

うわ、何だか嫌な予感。

「私はもちろん断りました。するとそれから私達に、連続して不幸が起こるようになりました。最初は小さなことです、仕入れた品が腐っていたとか、鼠《ねずみ》が増えたとか。でも決定的なことが起きて、領主の仕業《しわざ》だと確信しました……商人ギルドで贔屓《ひいき》にしてくれていた人が突然亡くなったんです」

やっぱり、きな臭い。どんなに怪しくても、殺されたかどうかはわかってないのね。経験があるわけじゃないけど、こういう輩《やから》は真正面《ましょうめん》からじゃなくて少しずつ追い詰めてくるんだよな。

「それから一層、嫌がらせが増えました。風評《ふうひょう》を流されたり、ゴミが置かれるようになったり。それで商人ギルドとの取引もやめざるを得ませんでした。……ああ、そうだ。ファンナ、宿屋の掃除を頼むよ」

「……はい」

ハインツさんの言葉を聞いて、俯き気味にファンナちゃんは外へ出ていった。あんまり聞かせたくない話になるのかな。

「それから間もなくして、私の妻は死にました。医者からは流行病だと言われましたが、気苦労から重くなったのだと思います。私とファンナはどうにか宿屋をやっていこうと頑張ったのですが……今思えば、あの頃私に金を貸してきた者達も領主の手下だったんだと思います。契約書とは違う金利がかけられていて、とても返せるものではなくなっていました」

八方塞《はっぽうふさ》がりだ。さっきの金貨10枚も、あれで全額じゃないみたいだったし。またカーズ司祭や他の手下が来るかもしれない。妙に大人しく引き下がると思ったら、そういうことか。

「……これは許せないね」

「ふむ、確かに見逃せん」

ファラさんとエイハブさんが憤りを露わにする。僕も、一気に借金を返してやれば……と思ったけど、事情を聞く限り、お金だけ返せば解決する問題でもなさそうだ。

「話は終わったか？　じゃあ俺は冒険者ギルドに行ってくるぞ」

「ん、ああ。私も行くよ」

するとルーファスさんとファラさんが、最初の予定通りギルドに出かけていった。

「じゃあ、俺は酒場だな」

「私とエレナちゃんは武器屋に」

「おじいの作った武器、卸せるかな～」

　エイハブさんは酒場へ、ウィンディとエレナさんも武器屋へと出かけていく。

「……すみません、皆さんには気持ちのいい話ではないですよね。どうぞ、街を出るまでこの宿をご自由に使ってください」

　申し訳なさそうな顔になるハインツさんに、僕は答える。

「確かに聞いていて楽しい話ではないですね。――でも、みんなはそれを嫌がって話を切り上げたわけじゃないですよ？」

「え？」

　みんな、それぞれ情報を得るために向かったのだ。

　エレナさんなんて、馬車に積んでいた武器や防具を売ってお金に変えようとしている。この街に来る道中でちょっとコネコネしちゃったけど、まあこれはバレてないはず。

　とにかく、みんなファラさんに感化されたんだろうね。僕もだけど。

「僕らに協力させてください。……とりあえず、この水をどうぞ」

「え？」

　僕が渡した水を飲んだ途端、ハインツさんの体は輝き、血色が良くなっていく。そう、道中で手に入れた世界樹の雫を飲ませてみました。

「何ですかこれは！　怪我をする前よりも身体がよく動く……ああ、子供の頃の火傷痕《やけどあと》まで」

おっと、世界樹の雫はオーバースペックだったようだ。古傷まで回復した上に肌がつやつやしてる。生まれたばかりの赤ん坊みたいだね。

ルーファスさんに飲ませた時にそうならなかったのは、欠損《けっそん》があってその修復《しゅうふく》が優先されたからかな？

「元気になれば、反撃できるでしょう？」

僕は僕にできることをやるぞ。

思ったよりもこのお宅は土地が広い、これはやりがいがあるな。

宿屋が道に面していて、その奥にハインツさんの家があるのだが、さらにその奥には池と大きな木があった。まるで庭園である。

「この庭は妻が作りました。宿の名物だったんです。何とか私とファンナで維持していましたが、それももう……」

「大丈夫ですよ、ここは僕が綺麗にしますから。ハインツさんはファンナちゃんと一緒に、宿屋の掃除をお願いできますか？　怪我も治ったんだし、ファンナちゃんに見せてあげてください。喜んでくれますよ」

ハインツさんを宿屋に向かわせると、僕は久々の掃除をすべく腕まくりし、庭園を見回した。

木は見上げるほどの大きさだ。三階建てほどの高さがあるだろうか、見事の一言だ。

木を囲って広がる池の中には、根っこが至るところに巡《めぐ》っている。

吸い寄せられるようにして木に近づく。触ってみると、ほんのり温《ぬく》もりが伝わってきた。

「まるで人肌みたいに温かい。よっぽど大事に育てられたんだね」

(――ええ、すごく大事にしてくれた)

「!?」

突然、僕の独《ひと》り言《ごと》に答える声が聞こえた。

頭の中に直接話しかけてきた女性の声は、とても悲しそうだった。

(リラはとっても優しくて、私に毎日話しかけてくれた。いつも、輝いていて。空の太陽と一緒に私を照らしてくれるようだった)

どうやら、木が僕に話しかけてきたらしい。

(だけど、しばらくしたらリラは来てくれなくなった。ハインツやファンナが来るようになって……二人には私の言葉は届かなかった。だけどあなたはどういうわけか、魔物と心を通わせる術《すべ》を持っている。もしかしてと思って声をかけたの)

魔物と心を通わせるなんて、そんなスキルは身に覚えがない。心当たりがあるとすれば、ジェムでゴーレムやスパイダーズを使役したからか……。

「君にとっても、リラさんはかけがえのない人だったんだね。でも、僕にわざわざ話しかけてきたのは……多分、それ以外にも伝えたかったことがあるからだよね？」

（ええ、ハインツの怪我の原因を私は見てた。悔しくて悔しくて……それにリラが死んだのも、今思えばあの領主のせいだったんだと思う）

大きな木はこの場にずっといて、家や宿屋で起きたことを全て見ていたようだ。悔しさで体を揺らす姿は穏やかではない。

（これまで、私にできることは何もなかった。でも、今は違う。あなたが私の言葉を聞いて動いてくれる。そうでしょ？）

「そうだね。まさか、こんな友達ができるとは思わなかったけど」

（友達になってくれるのね、ありがとう。私には、まだ名前がないの。だからあなたが付けて）

「え？　僕が？」

自信はないけどしょうがない。大きな木じゃ呼びにくいしね。

「じゃあ……リラさんが大事にしていた木……いや、大樹……リージュってどうだろう？」

（リージュ！　とてもいい‼）

リージュの声が大きくなり、突然木の周りが光る。

そして、光が収まると、そこに少女が立っていた。

「あなたに名をもらったことで、この世界に自分を刻《きざ》むことができた。……精霊になったの。これで私はリラの仇《かたき》が取れる」

リージュはそう言うと、足元から植物を召喚して怒りを露わにした。僕は慌てて止める。

「ちょっと待って。怒るのはわかるけど、今、僕達で何とかしようとしてるんだ。それに協力してくれれば大丈夫だから。きっと面白いことになるから期待してて」

リージュは不服《ふふく》そうだったが、少し考えた後に頷いてくれた。

情報収集に出た仲間達が帰ってくるまで、ひとまず庭園の掃除をしながら、僕は彼女に色々と話を聞いた。精霊は人間と契約することで初めて、実体を得られるんだそうだ。

精霊は姿を見せないのが普通らしく、後でリージュをみんなに会わせたら大層驚いてました。

第十話　領主の伯爵《はくしゃく》

その日の夜。エリンレイズの街にとてもいい匂いが漂い始めた。

「いらっしゃいませ、いらっしゃいませ～。新装開店の【ドリアードの揺《ゆ》り籠《かご》亭】の名物！　羊鍋だよ！」

宿屋は建物自体が結構劣化《れっか》していたんだけど、鍛冶スキルでちゃっちゃと直しました。

もちろん掃除もバッチリ。姑が十人来ても綺麗だとお墨付《すみつ》きをもらえそうです。

ちなみに、ギルドや酒場に情報収集に行ってくれたみんなは、残念ながら確かな情報は得られなかったらしい。まあ貴族が相手となると、そう簡単には尻尾を掴めないのも仕方ない。

なので、その日の夜に僕らはまず、この宿屋を救う手を打ったのだ。

「この匂いからは誰も逃げられん‼」

ブドウと羊から採った油、それにトマトと塩で味付けした特製鍋だ！ 酸味と塩気《しおけ》のバランスに、羊の油がアクセントをつける。もちろん、羊の肉とも最高にマッチ。

宿屋の一階にある食堂の厨房から、窓全開で調理し、うちわで匂いを表の通りに送る。

しばらくすると、香りを嗅《か》ぎつけた人々がぞろぞろと宿屋に集い始めた。

「ウマソウダ～、ヨコセ～！」

まるで飢《う》えたゾンビじゃないかと思うくらいの勢いだ。ハインツさんが扉を開けると、みんな我先にと席に着く。いつの間にか外にも行列ができていて、みんな息も荒く凄いことになってる。

当然僕やハインツさんだけでは人手が足りず、みんなにも手伝ってもらった。

「お待ちどうさま！ 最高の水と最高の羊鍋ですよ！」

薬物やパプリカで色鮮《いろあざ》やかに演出された羊鍋。薬物といっても日本の白菜みたいな品種はなかったので、庭の畑で採れた野草を入れてみたらちょうど良い具合になった。

野菜は全部、リージュのいる庭の掃除中に手に入れたものだ。全部、清らかシリーズなので、市販のものより二段階ぐらい美味《うま》いはず。

「鍋もちろんだが、何だこの美味い水は！　心が洗われるようだ！」

「心なしか体も軽いぜ」

「水ウマ、鍋ウマ、そして、〆《しめ》の粥《かゆ》もウマ！」

やっぱり何かゾンビっぽい人がいるようだけど、満足して無事浄化《じょうか》されたみたいだ。

魂《たましい》を連れていかれている……と言ったら言い過ぎだけど、青ざめて顔色の悪かった客も、清らかな水を飲んだら元気になっていた。


この日を境に、宿屋【ドリアードの揺り籠亭】は大繁盛していく。

あっという間に羊肉が足りなくなり、ファラさん達に狩りを頼んだくらいだ。お店は残った僕やウィンディ、エレナさん、ハインツ親子で何とか切り盛りした。

それと、マイルドシープをジェムから召喚すると、それもう一つの名物になった。

「モフモフ！　モフ！」

「次は私～」

「ずるいぞ。俺が先に並んでたのに！」

「まあまあ、羊は逃げませんから」

アイドルの握手《あくしゅ》会のように僕は列を整理する。

マイルドシープは人の膝までくらいの手頃な大きさで、モコモコである。

なので、お客さんが抱き締《し》めたり枕にしたりと大好評になったのだ。いわば招き猫ならぬ招き羊。

エサやり体験として銅貨1枚で野草を売っているので、ちょっとした収入源にもなる。

もっと召喚しようと思ったんだけど、どうやら、一種類当たり召喚できるのは一匹までのようだ。なんだかけち臭いな。

◇

さらに後日。

お客さんの要望で、マイルドシープのぬいぐるみを作製中。なかなか納得のいくものができない。剣や防具と違ってぬいぐるみなので、鍛冶のスキルも頼りにならないのだ。

ちなみに、宿屋のマスコットと化したマイルドシープには、マクラという名前を付けた。

理由は安直で、僕の枕にしたいからです。ウィンディに取られそうだったけど死守しました。

ぬいぐるみができたらウィンディにもあげよう、と思いつつ、店番の合間に試行錯誤《しこうさくご》。

すると突然、招かれざる客がやってきた。

「お邪魔するよ」

「!?　コリンズ伯爵……」

ハインツさんの反応から察するに、この人が例の領主らしい。

シルクハットをかぶった伯爵は、席につくと帽子を脱ぎテーブルに置いた。そして一つため息をつくと、ハインツさんに目配《めくば》せをして何かを要求する。

するとハインツさんは悔しさを表情に滲《にじ》ませながら、貨幣《かへい》の入った革袋を渡した。

「これが今回の税と、お借りしていたお金の一部です」

「ふむ、多いな。そんなに繁盛しているのか？」

「はい……コヒナタさんのおかげで」

「ほう」

ハインツさんの言葉を聞いて、感心した風に僕を見やる伯爵。

とても嫌な感じの、金づるを見つけたような目だった。

「ぜひ、紹介して欲しいものだね」

「僕は結構です」

僕の拒絶《きょぜつ》にコリンズ伯爵は苦い顔をした。でも、すぐに取り繕って料理を注文する。

周りのお客さんの顔つきを見るに、どうやら他の市民からも好かれている領主ではなさそうだ。

運ばれてきた鍋を見て、何やら偉そうに眺めた後、羊肉を口に運ぶ。

「……何だこれ！　ウマ！」

自分の地位や身なりも忘れて、コリンズ伯爵は汗をかきながら、汁が跳ねるのも気にせず鍋を平《たい》らげていく。

「何だこれは！　何だこれは！」

不味《まず》いと言われるよりはよっぽどいいんだけど、あまりの勢いに僕達はドン引きです。ちょっと心配になる。

スープを最後の一滴まで飲み干したコリンズ伯爵。ホッとため息をついて、ポケットからハンカチを取り出して口を拭き拭き。今更、貴族ぶっているけど、食堂の面々はみんな引いています。お客さんも自分達のことは棚《たな》に上げて引いてる。君達も相当だったよ。

「ふ、ふむ、確かに繁盛するわけだな。では次の税は今日受け取った総額と同じくらいを期待しているよ」

「え⁉」

「何か不満かな？」

今回は税金に加えて、返済金も支払っている。つまり、次の税金が上がるということだ。

「コリンズ伯爵、ちょっとそれはないいんじゃないですか？　ハインツさんだけ税を上げるなんて」

僕はたまらず声をかけた。流石に我慢できないよね。

「ふむ、この鍋は君が作ったのかな？　とても美味しかったよ。君は私の家のシェフに採用だ。光栄に思いたまえ」

「は？」

嬉しいわけがない。この人の頭は大丈夫か？

「お言葉ですが、僕は冒険者です。シェフにも、あなたの所有物にもなる気はありません」

「ほう……では、あの娘達をいただこうか。あの者達でも作れるだろう」

今度はウィンディとエレナさんを指さして、悪びれた様子もなく言う。頭がぶっ飛んでますね。

怒っているのは僕だけではない。ファラさんもエイハブさんも、段々殺気を隠さなくなってきた。

「あんまり僕らを舐《な》めないでください」

「……まあ、いいだろう。今日のところは、さっきの鍋に免《めん》じて引きあげよう」

コリンズ伯爵は薄気味悪い笑《え》みを浮かべて、外へと出ていった。食事代も払わずに、だ。

「やけに諦めがいいが……税は本当に上げるつもりだな」

舌打ちをして、エイハブさんが言った。

「ええ……それに今も見張られていると思います。伯爵はこの街の絶対的支配者ですから」

ハインツさんは俯いて答える。

羊鍋の匂いと評判は街中に広がっているけど、貴族は市民とそうそう話さないし、街での移動も馬車が多い。こんなに早く変化に気付くのは、誰か部下に監視《かんし》させている証拠《しょうこ》だ。

「このまま繁盛してくれれば、お金の方は何とかなりそうですが……商人ギルドからの横槍があるかも」

◇

ハインツさんの懸念《けねん》は、まるで予言のように的中した。

「食材も薪《まき》も生活用品も全部ダメ！　どのお店も私達には物を売れないって」

伯爵が来た次の日から、買い物担当のウィンディが疲れ切った声を上げて帰ってきた。

既に取引を打ち切られているハインツさん達の代わりに、最近はずっと僕らが買い出しに行っていたんだけど、それももうダメみたいだ。

やはり商人ギルドは敵に回ってしまっているらしい。

「まさか、僕らもブラックリスト入りになるとは思わなかったな」

「何だかすみません」

ハインツさんは申し訳なさそうに頭を垂れた。いやいや、ハインツさんは悪くないよ。

「僕らは大丈夫ですから。それはともかく、長い間まともに買い物できなかったんですよね？　僕らがここに来るまでは、どこで食べ物を手に入れていたんですか？」

「旅の行商人に、街の外で売ってもらっていたんです。しかし、その人達も私の事情を知ると吹っかけてくることが多くて、相場無視の値段でした。でも、生きていくのに食べ物は必要ですし」

「お父さん……」

テリアエリンのニブリスさん達とは違って、こっちの商人達は腐っているか、権力に弱いようだ。まったく碌《ろく》でもないね。

「じゃあ、僕は冒険者ギルドに行ってきます」

「レンレン、何かいいこと思い付いたの？」

「え？　ただの街掃除だよ」

久しぶりに、街のお掃除に行く。

冒険者ギルドには、掃除やら修理やら、街に奉仕《ほうし》するような仕事が溢れてる。

宿屋の認知度はかなり上がったから、あとは僕らに味方してくれる人を作らないとね。

掃除の依頼はテリアエリンと似たものが多かった。排水溝や道の清掃などなど。

そして、畑の雑草抜き。この畑が狙いだった。

清らかシリーズの野菜や果物は、はっきり言ってこの世界では非常識なレベルで美味しい。

みんな、料理を食べればグルメ漫画みたいなリアクションを取ってしまうし、清らかな水を飲んだだけでビールを飲んだかのような声を漏らす。

敵側のコリンズでさえ、ああなってしまうのだから効果覿面《こうかてきめん》なのは明らかだ。

今度はもっとパワーアップした料理を作るつもり。フフフ、この街を料理で支配してやる。

「畑掃除、楽しいな～」

そんな野望を抱きながら掃除をしている僕は、傍《はた》から見たら不審者だと思われるくらいウキウキしていただろう。

監視をしていたコリンズの密偵《みってい》達は首を傾げっぱなしだったに違いない。報告しないわけにもいかず、ありのままを伝えてコリンズも首を傾げている様《さま》が目に浮かぶ。

ちなみに、幸いにも尾行・監視されているのはほとんど僕だけらしく、ファラさんやエイハブさんなどの面々に特に異常はない様子だった。

「しっかり働いてくれて助かるよ」

街外れにあるトウモロコシ畑。一緒に畑仕事をしながら笑顔を向けてくれたおばちゃんに、僕はいえいえと首を振る。

この辺りは時々魔物も来るらしい。よく冒険者を雇って、掃除と警備を兼ねて仕事をしてもらっているそうだ。僕にとっても、魔物を狩れるのは一石二鳥なのでありがたい依頼である。

『キシャー！』

「おっと、早速魔物が来たみたいです。ゴーレから離れないようにしてくださいね」

「あいよ。本当にありがとうねえ」

そうそう、僕は掃除中にスパイダーズとゴーレムを召喚している。

ゴーレムの「ゴーレ」という名前はウィンディが付けたいと言ってきたものだ。

鉱山以降、ウィンディはゴーレのことが気に入ったようで、よく自分を肩車させている。

街の中じゃなかなか出せないので残念がっていたけどね。ちなみに街の中で出す時は、飼い慣らしてあることを示すために、魔物達の頭に帽子をかぶせるようにしている。

「レンレン、依頼終わったから先に帰るね～」

畑の近くを、別の依頼帰りのウィンディが通りかかる。

「ああ、じゃあミスリルスパイダーを出すからこれを持っていって」

そう言って僕は、ミスリルスパイダーを召喚。それからボックスに入っていた畑の野菜や果物を出し、ラクダよろしくスパイダーの背に載せる。

僕の帰りはまだもう少し遅くなるので、アイテムボックスを持っていないウィンディに宿屋の食材を持って帰ってもらうのだ。街の外にはコリンズの目もないと思うので大丈夫だろう。

「はいはーい、じゃあね」

ミスリルスパイダーと荷物を半分こしながら帰っていくウィンディ。

僕の魔物達は、一種類につき一匹という以外は、召喚制限がない。なので同じ種類でなければいくらでも出せるのだ。

今召喚しているのは、まず畑の近くの魔物を狩りに向かったジャイアントスパイダーとポイズン。

それにおばあちゃんを守っているゴーレと、今出したミスリルスパイダー、あとは宿屋にマイルドシープがいる。

デッドスパイダーも出せはするんだけど、流石に見た人全員が怖がったので控えている。

「ああ……庭から出るのはいつぶりかしらね」

おっと、忘れていた。ドリアードのリージュもここに来ている。彼女は僕のいる所と宿屋に飛べる転移持ちになっていた。精霊だけあって、魔物達とは違う力を持っている。

「暇だし、私も魔物退治してくるわ」

「わかった。リージュが行ってくれるんなら、僕は掃除に専念しようかな」

こんな数日を過ごしているうちに、僕は掃除好きの召喚士なんて噂されるようになった。事実とは少し違うけど、やっと冒険者っぽくなってきたかな？

「……蜘蛛大好き男とも呼ばれてるけどね」

「レン、手が止まってるよ～」

「あ、すみません」

独り言を言っていたら、おばちゃんに怒られてしまった。仕事はちゃんとやるのでご心配なく～。

遠くからゴブリンの断末魔《だんまつま》の叫びが聞こえる場所で、ゴーレムと一緒に畑仕事。なんてファンタジーなんだ。

そしてそれを気にしなくなっている僕。ますますこの世界に馴染んできたような気がする。

今回の畑仕事で新しく得た入手アイテム

【清らかなトウモロコシ】18　【清らかなキャベツ】20
【清らかなジャガイモ】31　【清らかなニンジン】50
【ゴブリンジェム】5

◇

「おお！　今日も掃除しがいのあることをしているね」

コリンズが訪れてからというもの、宿屋【ドリアードの揺り籠亭】の前には、毎日色んなゴミが捨てられている。今日も大量で何ともアイテム回収が捗《はかど》るのだった。

僕の採取の王は物を回収した時にそれとは別の、少し上位のアイテムがボックスに収納される。

掃除道具を使って、あくまで捨てるために拾ったものも、その対象になる。

なのでこういったゴミも箒《ほうき》やちり取りで回収すると少し良くなって、こんな感じにアイテムボックスに回収される。

りんごの芯　↓【りんご】　オレンジの皮　↓【オレンジ】

腐った卵　↓【卵】　　　　くず鉄　↓【鉄】
折れた端材《はざい》　↓【木材】　　　腐った牛乳　↓【牛乳】

ふむ、あとの汚れは蜘蛛に任せよう。ジェムで召喚したみんなは食事をしなくても大丈夫なんだけど、食べることもできるのでこういう時に掃除してもらっているんだよね。

さてさて、アイテムも回収したし、今日も掃除という名の食材集めに行くぞ。

「レンレンってやっぱすごいね」

「尊敬《そんけい》できるんだかできないんだか……」

ウィンディとエレナさんはため息をつきながらその姿を見ていた。二人とも複雑《ふくざつ》な心境のようだ。

宿屋の経営はハインツさんの料理で右肩上がりになっている。

なんと言っても、ワンランク上のアイテムが入手できるのが強い。それにどんな食べ物も新鮮《しんせん》なまま貯蔵《ちょぞう》しておけるアイテムボックス。なんと心強いスキル達だろうか。僕にはもったいないね。

そうして【ドリアードの揺り籠亭】は朝からずっと賑《にぎ》やかなまま、夜を迎える。

しかし、コリンズも黙っていなかった。いくら汚しても綺麗にされて、どんなに妨害しても商売を続けている宿屋に痺れを切らしたみたい。

食堂が閉まった深夜。暗闇の中、機敏《きびん》に動く複数の人影が宿屋に近づいてくる。

合図とともに窓から侵入《しんにゅう》しようと手を掛けた男が、異変に気付く。

「なんだこりゃ」

窓には糸が絡まっていた。その糸はもちろん、僕の蜘蛛達のものだ。

そこへ僕の一番の魔物デッドスパイダーが現れる。罠を用《もち》いて獲物を狩るデッドスパイダーは、こういった防衛の方が向いている。

「ギャ〜〜！」

世間で散々恐れられているデッドスパイダーを目《ま》の当たりにして、男は失禁《しっきん》して気絶《きぜつ》。

他の刺客達も蜘蛛の糸に絡め取られ、さらにリージュが召喚したツタで捕縛《ほばく》された。

リージュは自分が全部やりたかったとぼやくが、まあ戦果は山分けってことでいいんじゃないかな？

「それで？　君達は何をしにここへ？」

「…………」

捕縛した刺客達を、手分けして尋問《じんもん》することになった。

僕は先頭にいたらしい男を担当。あとファラさんとエイハブさんでもう一人、ルーファスさんが最後の一人を単独で尋問するって言ってた。

多分、見せたくないことをするんだと思う。投獄されている間に、そういう経験もあったみたい。

まあ、多少やり過ぎても世界樹の雫があるから大丈夫。

ちなみに掃除している時に世界樹の枝も葉も大量に入手しているので、いくらでも作れます。木のない世界なんてないからね。貯まる貯まる。

「お仲間さんはすぐに口を割ると思うよ。他のみんなは、僕ほど優しくないからね」

「…………」

外套《がいとう》をかぶった男はなおも黙秘《もくひ》。尋問なんて経験ないからよくわからない。どうしようかな。

「トウモロコシ食べます？」

「…………」

「いらない？　毒なんて入れてないし美味しいよ」

清らかなトウモロコシは生でも美味しい。一粒一粒がまるで濃厚《のうこう》なコーンポタージュのようだ。

ゴクッ！

あんまり美味そうに食べるからか、外套の男は生唾《なまつば》を呑んだ。

「はい、どうぞ」

トウモロコシを切り分け、口元まで持っていくと、我慢できず男はかぶりついた。そして、目を見開いて食していく。尋問で男にあ～んをする羽目《はめ》になるとは思わなかったな……。

「はいはい、落ち着いて～。水もどうぞ」

尋問とは名ばかりの何かだけど、男は徐々に心を開いていく。清らかシリーズの食べ物をあげた甲斐がありました。

「心が洗われるようだ……この野菜は君達が作っているのか？」

「いや、この街で採れたものだよ。それを僕らが……まあ、下処理したんだよ」

嘘は言ってない。ちょっとチートしちゃってるけどね。

「そうなのか。この野菜を妻や子供にも食べさせたい……いや、街のみんなに……！」

男は急に目を輝かせて立ち上がった。手は拘束《こうそく》されているので上げられないが、そうでなければ拳を振り上げていたのではないかと思うくらい、熱がこもっている。

「あなたは商人なんですか？」

「……恥ずかしながらそうだ。だが収入は芳《かんば》しくなくてな。昔は冒険者をしていたから、こういう仕事も請《う》け負っていた。好きこのんでやっているわけではないがな」

俯いて話す男に後悔《こうかい》の色が見えた。貴族から仕方なく依頼を受けたのだろう。

「コリンズは何で執拗《しつよう》にこの宿屋を？」

「私は末端《まったん》だ。理由は聞いてない……ただ、この家に侵入して食料や金品を盗んでこいとしか」

「知っている人は、今回の刺客の中にいるのかな？」

「いる。さっき、一人で尋問すると言った男に連れて行かれた者だ」

何かこの人、凄い饒舌《じょうぜつ》になったな。流石清らかシリーズ、人の心も清らかにしてしまうらしい。

「じゃあ、もう帰っていいよ」

「え⁉」

腕の縄《なわ》を切ると男は唖然としていた。ある程度聞きたいことも聞けたし、黒幕じゃないし、この人からはもう悪意を感じなくなっていたので解放しようと思った。

宿屋の裏口から送り出すと、何度も振り向いて「ホントにいいの？」みたいな顔をしながら帰っていった。最後はお辞儀もしていたので大丈夫だろう。

「あとの二組は終わったかな？」

ひとまず、さっきの男が言っていた、ルーファスさんの尋問部屋に向かう。

「グアア！」

「他にはないか？」

ルーファスさんのいる地下室から、尋問……というか、拷問《ごうもん》されているような声が外に漏れ聞こえる。わざわざ地下に行ったのは、みんなに恐怖を与えないようにしたかったんだね。

中に入ると、椅子《いす》に縛られた男が指から血を流していた。

「こっちは終わったよ。そっちはどう？」

「早いな。こいつはコリンズと商人ギルドの橋渡しをしていたらしい。毎日ゴミを玄関に捨てていたのもこいつだ」

「え！　じゃあもう、明日からはゴミがないの？　残念だなあ」

ルーファスさんは完全に呆れている。縛られていた男は痛さでそれどころじゃないみたい。

「まったく……それで？　ここに来たってことは、何かこいつに聞きたいんじゃねえのか？」

「あ、そうだった」

僕は橋渡しをしていたという男に話しかける。

「コリンズは、何でこの宿屋に執拗に嫌がらせするの？」

「……コリンズ様は、ハインツの妻であるリラが好きだった」

それは聞いた。妻にしようとしたけど、ハインツさんが断ったんだよね。

「ということは、妬《ねた》みでやっていたってこと？　でも、リラさんが死んじゃってからも続けているじゃないか」

「コリンズ様は、ハインツがリラを殺したと怒り狂っていたんだ。だから、ハインツをこの街から追い出そうと……金で雇われた私達はそれを助けていた。でも、もうしない、だから命だけは！」

男は急に涙を流して訴《うった》えてくる。

コリンズは、ハインツさんを逆恨《さかうら》みまでしていたってことか。リージュが見ていて、怪しいって僕に教えてくれたけど、直接コリンズがリラさんの死因に関わっていた、ということでもないみたいだね。

でもハインツさんの言っていた、リラさんの気苦労というのは本当だろう。普通はこれだけの仕打ちを受け続けていたら耐えられない。

それに気付きもせずにコリンズが勝手に暴走して、この人達もお金になるから加担したと。

「……もういいよ。聞くに堪《た》えない」

僕は尋問を打ち切る。殺すのも嫌なので、衛兵に身柄を引き渡そうと提案した。ルーフアスさんが指の爪を剥《は》いだことは責められるかもしれないけど。

「まあ、レンはそう言うと思って、この水晶にここまでの話を録音しておいた。これをレイズエンドの王都に届けて告発すれば、捜査《そうさ》の手が入るだろう。それでコリンズはおしまいだ」

流石ルーファスさん、強面《こわもて》の顔は飾《かざ》りじゃないみたい。

「俺は今からレイズエンドの王都に向かう。すまんがみんなには伝えておいてくれ。それと、後々コリンズの護送も頼まれるかもしれないが、その時はファラやエイハブを寄越《よこ》してくれればいい。レンは来るんじゃねえぞ。やたらめったら能力を使って騒ぎを起こしかねん」

ルーファスさんは、心配しているんだか馬鹿にしているんだかわからないことを言う。

「心外だなあ。僕はただ困っている人を助けたいだけで……」

「それはわかってるっての」

ルーファスさんは苦笑しながら旅支度を始める。夜明けも待たずに出発するようなので、世界樹の雫をいくつか渡してから送り出した。何かあったら大変だからね。

やがて夜のエリンレイズの街に、早馬の嘶き声が響いた。

「俺は……どうなるんだ」

椅子に縛られていた男が呆然と呟く。どうなるもこうなるも、お縄です。

ちなみにファラさん達が尋問した人は、ただのチンピラだったみたい。お金をもらえて暴れられると聞いてやってきたんだとか。

ということで、衛兵に通報して二人とも逮捕《たいほ》してもらった。

どうやら賞金首だったようで、一人頭、銀貨10枚貰いました……って、安！

冒険者もわざわざこんな奴らを探し回って捕まえるより、魔物を狩った方がいいんだろうな。

ちなみにこの人達は、犯罪奴隷として当分タダ働きさせられるらしい。楽して儲《もう》けようとするからこうなるんだよ。元の世界と同じで、本当にお金は色んな災《わざわ》いの元だね……。


翌朝、みんなを集めて事の顛末《てんまつ》と、ハインツさん達が虐《しいた》げられていた理由を話した。

ファラさんは怒りを露わにしながらテーブルの上に拳を落とす。

「実は、冒険者ギルドでもそういう話は聞いたんだ。私怨《しえん》にしても度が過ぎているし、噂程度だったから信憑性《しんぴょうせい》もないと思ってたんだが……本当だったとはね」

でも、相手は貴族だ。今僕らが勝手に動くのはまずい。ルーファスさんが王都で掛け合うまで待つしかない。

ルーファスさんって王族に伝手《つて》とかあるのかな？　何だか心配になってきた。

「ひとまず、今は考えてもしょうがないよ。次の名物になる料理を考えよう」

「本当に君はポジティブだな……」

清らかシリーズのアイテムを使えば大抵美味しくなる。しかし、それでは男が廃《すた》るというものだ。折角、美味しい野菜が手に入ったんだから、それ相応の料理を考えなくては。

「レンレンっていいお嫁さんになりそうだね」

「だね」

まるで主婦のような考えに至る僕を見て、ウィンディとエレナさんが頷いていた。

ルーファスさんが戻るまで【ドリアードの揺り籠亭】を切り盛りする僕達は、宿の看板娘、息子達になっていくのだった。エイハブさんはだいぶ歳がいっているので、看板おじんかもしれない。

この襲撃《しゅうげき》の後、しばらく嫌がらせは止まった。でもこれで終わるとも思えないね。

第十一話　魔族の少女

「あ～新鮮なゴミだ！　やっと再開してくれたんだね」

何日か経ってから、またゴミが捨てられるようになった。僕は嬉しくてしょうがない。また新しい人が捨て始めたのだろう。何ともありがたいことだ。

「さてさて、お掃除お掃除～」

ということで、今日の素材はこんな感じ。

【魔族の血】1　　　【銀】5
【金】2　　　　　　【魔物の血】1
【ハイブリッドガード】1

ほうほう……魔族の血は何だかきな臭いです。

魔族というと、この世界では人族と相容《あいい》れない存在とされている。このゴミを置いていった人は、そんな魔族と何か関係がある、もしくは魔族を傷つけられる立場の者ということか。

でも魔族は基本的に人間より強いらしく、ファラさん曰く、レベルで言うと40から上だとか。ファラさん並みの実力が、魔族の標準ってことになる。

もしそんなレベルの人が嫌がらせしてきているのなら、僕の手持ちだとデッドスパイダーぐらいしか太刀《たち》打ちできない。

リージュも凄く強いみたいだけど、ジェムの魔物と違って死んだらおしまいだ。あまり危ないことはさせられない。

ひとまず、いつものスパイダーズだけでなくゴーレムも夜間警備をさせた方がいいかもしれないね。

「レン、ご苦労様」

『キシャー』

「あ、ファラさんじゃないですか。今日もポイズンと一緒？」

ポイズンスパイダーのポイズンが、ファラさんの頭の上に乗っている。いつの間にか、ポイズンはファラさんにすっかり懐いてしまっていた。

幸い、ファラさんも蜘蛛は苦手じゃなかったようで、可愛がってくれている。サイズ的にも丁度《ちょうど》いいらしく、最近はよく抱《かか》えたり頭に乗せたりしているのを見かける。

「ポイズンは何故か私に懐いてしまったけどいいのかな？　レンは困らない？」

「ポイズンも夜は見回りがありますけど、日中は大丈夫ですよ。こき使ってください」

「そうか、よかった。魔物なのにこんなに仲良くできるとは思わなかったよ。それに、結構頼りになる」

ふっふっふ、僕の魔物達はグレードアップしていますからね。

ゴーレムは上位種の次の亜種にまで強化、ポイズンスパイダーも亜種、ミスリルスパイダーは上位種、ジャイアントスパイダーは最上位種、マイルド・ワイルドシープも最上位種にまで上がっている。

強化に必要なジェムの数は、個体によってさまざまだ。

デッドスパイダーは元々のランクが高いせいで桁《けた》が一つ違うため、まだ強化できていないんだけど、最初から充分強いから大丈夫。

一方のマイルドシープはEランクの魔物なので、強さよりも可愛さで頑張ってほしい。

まあそうは言っても、どこかでまた狩ってジェムを集めておきたいなと思う今日この頃。

「ファラさんは今からどこかお出かけですか?」

「ん? ああ、ちょっとギルドの新人研修に呼ばれてね」

テリアエリンの街を僕と一緒に抜け出してきちゃった元受付係のファラさんだけど、結局この街でもギルドには重宝されているらしかった。実力のある人だし、顔が広いのかも。

「レンと同じように危ない新人を見て回るんだよ。ギルドマスターに聞いた話じゃ、この近くのゴブリンの巣を掃討に行くそうなんだが、ロングソードを持っていった前衛がいるらしい。ゴブリンを舐めている節《ふし》もあったから心配なんだってさ」

むむ、狭いゴブリンの巣で、取り回しにくいロングソード……これはフラグが立ってますね。

「既に街を出ていったようだから、追いかけるところだ」

「そうですか……じゃあ、この雫を持っていってください。何でも治るんで五つほど」

「そんなものがあるのか……」

「ファラさんだからあげるんです。死人も出してほしくないですしね。でも内緒ですよ」

「ああ、わかった。ポイズンも来たいみたいなんだが、いいか?」

「どうぞ。そんじょそこらのゴブリンには負けませんから大丈夫ですよ」

ファラさんは恩に着ると言って、街の出口に走っていった。ギルドの仕事も大変だなあと思いつつ、手を振って見送る。

この後、僕はウィンディとエレナさんと一緒に、街の外の畑仕事の手伝いに行った。

どうやらエレナさんも冒険者ギルドに入会したようで、僕を見習って街中の依頼からこなしていくそうです。僕を目標にしてもしょうがないと思うけど応援しようと思う。先輩だからね。

依頼を済ませてギルドに帰ると、放心状態の若い冒険者達がロビーの隅に寝かされていた。

どうやら、案の定《じょう》ゴブリンから袋叩きに遭って死ぬ寸前だったようです。

ファラさんに助けられて一命を取り留めたらしいけど、侮っていたゴブリンに自信を打ち砕かれてみんな意気消沈《いきしょうちん》。

やれやれといった表情で、ファラさんが彼らに言い聞かせている。

「私も昔は、君達みたいに何でもできるなんて言って痛い目に遭ってきた。まだ最初なんだ、誰でも失敗はするさ。でもその失敗で死んじゃったら元も子もないから、あくまで慎重にな。生きていれば、失敗も成功への足掛かりになる」

ちなみに信者第一号は、宿屋でよく彼女にべったり抱きついているファンナちゃんである。

ファラさんはまたもや信者を得てしまったようだ。

ファラさんの言葉に、さっきまで病《や》んでた四人パーティーは目を輝かせていた。

「「「ファラ……様‼」」」

◇

その日の夜中、僕は突然リージュに起こされて、外に引っ張り出された。

「もう、呼んでるんだからしっかりしてよ」

「そんなこと言っても、こんな夜中にどうしたの……」

寝ぼけ眼《まなこ》で僕はリージュの指さした先を見る。

いつもゴミが捨てられている宿屋の玄関に、桃色髪の見知らぬ少女が倒れていた。首には見たことのない装飾《そうしょく》が施された首輪《くびわ》が嵌《は》められている。

「この子、魔族だよ……怪我してる。隷属《れいぞく》の首輪をしてるし、たぶん誰かの奴隷だと思うよ」

この世界に奴隷制度があるのはなんとなく気付いていた。

マリーが僕を捕まえた時にも奴隷にしてやるって言っていたし、行商人の馬車に、首輪をした人が乗っていたのを見たこともある。ただ、その時に見た首輪とは違うような気がする。

「変わった首輪だね」

「魔族は強いから、普通の奴隷よりも強力な首輪が付けられるんだ」

そう言って、渋《しぶ》い顔で宿屋から出てきたのはエイハブさんだった。

「すみません、起こしちゃいましたか？」

構わんさ、と答えてエイハブさんは魔族の子のもとへ歩いていく。そのまま抱きかかえると外套をかぶせ、宿屋の中へと連れて行った。僕らもそれに続く。

食堂で温かいミルクを準備するエイハブさん。促されて椅子に座ると、テーブルに僕とリージュの分もミルクが並んでいく。

「魔族というだけで嫌い、隙あらば奴隷にしようと狩る。種族にかかわらず、正当な理由なしに奴隷にするのは、今では法で禁じられているんだがな。平気で踏みにじる貴族は多い」

エイハブさんはカップを両手で覆って、その水面《みなも》を見つめていた。過去に何があったのか気になるけど、それを聞くのは野暮《やぼ》かな。

「恐らく、コリンズの手下によって捨てられたのだろう。角《つの》が折られている」

魔族の少女のピンクの髪の合間には、折れた角があった。痛々しくも、健気《けなげ》に魔族ということを主張している。

「魔族の命の源《みなもと》である角が折られてしまっては、長くは持たないぞ」

エイハブさんは不憫《ふびん》そうに、気を失ったままの少女を見つめる。

「……じゃあ、貰っちゃおうかな‼」

場違いなほど明るい僕の言葉に、エイハブさんは驚くでもなく笑う。「レンならそう言うと思ったよ」と言って、温かいミルクを飲み干した。

僕は少女の頭を撫でて角を確認する。

「やっぱり。これなら治せる」

もしかしたら、素材として加工できるんじゃないかと思ったらそうだった。折れた角を慎重に触ると、コネる時特有の感触がある。

助けられるとわかって嬉しい一方、悲しい気持ちもある。これはつまり、素材として魔族の角が認識されているということ。そして、魔族を角目当てで狩る人が存在する可能性を示しているからだ。

本当にそんなことが起きているとは思いたくないけど。

「それよりまずは……この首輪をどうにかしようか」

僕は隷属の首輪を触る。隷属の首輪は本来、専用の鍵でしか外すことができないそうだ。

鍵はもちろん奴隷の主人が持っている。主人の言うことに背《そむ》くと、首輪から電撃の魔法が放たれるらしい。元の世界の常識がある僕からすると信じられない。

「こんな首輪！　こうだ！」

首輪を引きちぎる勢いでコネると、首輪は瞬《また》く間に少女の首から離れて棒状になっていく。

「規格外《きかくがい》とは思っていたが、目の当たりにすると何とも言えない感動があるな」

エイハブさんは感慨深そうに何か呟いている。

「よし、今度は角か。魔族の角は、ミスリルのように魔力との親和性《しんわせい》が高いらしい。もしかしたら、ミスリルで角を補強《ほきょう》してやれば……」

「元気になるんですね……」

エイハブさんと僕は顔を見合わせてから少女を見た。多分、五歳くらいだと思う。

こんな子供を奴隷にして何が楽しいんだ。ましてや、角を折って命をもてあそぶような行為は理解できない。どうにか元気にしてあげたい。

僕はミスリルインゴットを取り出して角にあてがい、歯医者さんで詰め物をするイメージで、少しずつ角とコネ合わせていく。

するとミスリルと角が紫の光を帯び始めた。ライトみたいに辺りが照らされ、僕らは目を開けていられない。

でも、目を瞑ってコネていても、ミスリルは勝手に角の形状になっていった。まるで自分が何になるべきかわかっているかのように。

やがてミスリルは、青色の綺麗な角になった。

「後は体力の方か」

少女の腕や足を見ると、痣《あざ》が所々できていて、虐待《ぎゃくたい》されていたのが窺える。角を折られていなくても、体力的に限界だったんじゃないだろうか。そのことを考えるだけでも涙が出てくる。

「すぐに治してあげなくちゃね」

ミルクに世界樹の雫を垂らし、それを少女に少しずつ飲ませてあげると体の痣は消えていった。

「う……」

やがて少女は気が付き、目を開けて辺りを見渡す。

「⁉」

僕らを見た少女は凄い速さで壁まで下がっていった。怯えているようだ。

「大丈夫だ。ここには君を傷つける者はいない」

「ウ～！」

「待って、言葉が話せないんじゃない？」

エイハブさんは優しく宥めるが、少女は激《はげ》しく警戒している。リージュの心配通り、少女は言葉を話せないようだ。どうしたものか。

「魔族の子供は、十歳まで自分の村から出ないと言われている。まあ、人族も大体一緒だがな。その間に言葉や常識を教えてもらうのが普通のはずなんだが……」

「ということは、この子の故郷は？」

「何らかの理由で攻《せ》め落とされたか、誘拐か、だな」

まだ後者であった方がこの子にとっては救いだろう。エイハブさんとそんな話をしている間も、少女は周りを見渡して逃げ道を探している。

「マイルドシープ！」

僕はとりあえず、うちの癒しキャラ、マイルドシープを召喚した。

突然現れたモフモフの塊《かたまり》を、少女は目をまん丸くして見つめる。

『メェ～』

高い音程の鳴き声は少女の心を掴んだようで、やがてウルウルした瞳でマイルドシープを抱き寄せた。

「マイルドシープは国境を越えるか……」

「国境はないだろう」

「いや、比喩《ひゆ》ですよ。僕の国の言葉です」

エイハブさんは肩をすくめた。

「さて、ひとまず無事に介抱できたわけだが……ルーファスが王命でコリンズを捕まえる書状を持ってくるまで、この子はうちで匿《かくま》うしかないな」

「そうですね。言葉の方はウィンディとエレナさんに教えてもらおう。その間、マイルドシープは常時召喚だな」

少女はというと、マイルドシープを抱いたまま、安心したのか眠りについていた。

ピンクの髪に蒼《あお》い角は少し目立つので、元の色の白い角にこっそり加工しておいた。

◇

夜が明けた。その朝はゴミを捨てられていなかった。

やはり、少女がゴミ扱いされたのだろう。そう思いたくはなかったけど。

何ともやるせない気持ちである。

そんな気分でギルドに向かおうと思ったら、衛兵の集団が宿屋にやってきた。何やら物《ぶっ》騒《そう》な面持《おもも》ちだ。

「何かあったんですか?」

「ああ、貴族から奴隷が盗まれたと通報があってな。コリンズ伯爵はハインツを疑っておられる」

「え！」

あ～なるほど、それは想定外だった。

僕たちが少女を助けると踏んで、わざと宿の前に置き去り、奴隷を盗んだと難癖《なんくせ》をつけるつもりだったのか。なかなか頭を使ってきたな、どうしよう。

「その奴隷の特徴は？」

僕と衛兵の話を聞いたエイハブさんが声をかけた。

「幼い女の魔族だ、角が折れているらしい。ここの宿屋付近で盗まれたそうでな。中を調べさせてもらうぞ。もしここにいたら、ハインツは逮捕する」

「角の折れた魔族なんて見ていないぞ。それに奴隷なら首輪をしているだろ？　それで呼べばいいじゃないか」

「……まあ、私もそう言ったんだが、コリンズ伯爵は頑《かたく》なに宿屋に行けの一点張りでな」

フルフェイスの兜《かぶと》をかぶっているためわかりにくいが、衛兵も困っているのが窺える。

「とりあえず、中を調べさせてくれ」

「ああ、いいぞ」

エイハブさんが衛兵を案内して宿に入ると、すぐにハインツさんとファンナちゃんが心配そうに駆けてきた。エイハブさんが手で大丈夫だと伝える。

「この子は魔族だな……しかし、立派な角がある。それに首輪はないな」

僕はドキドキしながら衛兵達の行動を見守った。間違いなくこの少女がコリンズが探している人物なのだから、動揺《どうよう》を隠しきれない。

奴隷は絶対に取れない首輪で管理されている、というのがこの世界の常識だ。

僕が外せるなんて誰も知らないし、バレることはないと思うのだけど。

少女はマイルドシープを抱きながら、ウィンディとエレナさんに読み書きを教えてもらっている。

ウィンディとエレナさんは衛兵を睨み過ぎなので自重《じちょう》して欲しい。

マイルドシープの癒し効果はかなりのもののようだ。最上位種は伊達《だて》ではないか。

「俺の従妹《いとこ》に魔族と仲がいいのがいてな。その従妹が友人の魔族とサックの火山に調査に行くとか言って、魔族の妹であるこの子を預けていったんだ。街には魔族を怖がる人もいるだろうから、宿の中で匿《かくま》ってるんだよ」

「ほ～、サックに行くような高名な冒険者なのだな。手配書には手や足に痣があるとあったし、この子は別人か。このまま、外には出さないように頼む」

「ああ、わかった」

エイハブさんはそう言って、銀貨を数枚差し出した。

魔族を匿っていることの口止め料といったところか。確かに少女のことを知られれば、コリンズが別の嫌がらせをしてくるかもしれないからね。

衛兵はちらりと僕の顔を見て、頷いた。そしてエイハブさんの手から銀貨を1枚だけ受け取り、仲間を連れて出ていった。

「レンのおかげか」

「え？　僕の？　何で？」

僕はエイハブさんの言葉の意味がわからなかった。確かに、なぜか去り際《ぎわ》に衛兵は僕を見てたけど。

「お前、街全体を掃除しただろ。それも二日や三日で。街の人達の中で有名だぞ。俺なんか『あら、蜘蛛のお兄ちゃんの友達じゃない』なんて声をかけられるんだ」

「ええ～」

そんなことになっていたのか。全然知らなかった。

「テリアエリンでもそうだったが、何でレンは掃除をしてんだ？」

エイハブさんに尋ねられ、僕は正直に答える。

「別に善意だけでやってるわけじゃないよ。これを言っちゃうとみんなを裏切るようで悪いんだけど、掃除をすることで僕にもメリットがあるんだ。それが楽しくて、ついね」

「そうか……でも、おかげで今回は助かったんだ。レンが関わっているなら悪いことではないだろうと衛兵は引いてくれた。あの銀貨は衛兵が不利になった時の保険ってとこだ。

本来なら出した銀貨全部持っていってもおかしくないからな。夜の飲み代が減らずに済んだよ」

エイハブさんはそう言って笑い、宿屋を出ていった。

「……」

魔族の少女は指を咥《くわ》えてこちらを見つめている。どうしたのかと顔を見つめ返すと、そっぽを向かれてしまった。

僕も冒険者ギルドに行こうと扉に向かったのだが、背後から再び視線を感じた。振り向くと、また魔族の少女が目を逸らす。

「レンレンが気になるの？　でも、今は読み書きの時間だよ」

「レンは君の角を治してくれたんだよ」

ウィンディとエレナさんに読み書きを教わりながら、チラチラと僕を気にしているようだ。

エレナさんの言葉を理解しているのかはわからないけど、少しだけ少女から温かい感情が見えた気がする。

今日、ウィンディは依頼を受けず、少女に読み書きを教えると張り切っている。一日で覚えられるとは思えないが、あの子のためにも頑張ってもらいたい。

僕は少女に微笑みかけてから、宿を出た。

「蜘蛛のあんちゃん、大丈夫だったかい？」

外に出てすぐに、おばちゃんが声をかけてくれた。このおばちゃんとはほぼ毎日会っている。掃除仲間というやつだ。

「ええ、大丈夫ですよ」

「そう、よかった。何かあったら言いなさいね。あの衛兵はお隣の息子だから、あたしが言えば何とかなるんだ」

「はい。ありがとうございます」

みんなが味方してくれて心強い。

しかし、掃除をしているのは自分のためというのが何とも心苦しい。少しだけ教会に世界樹の雫を寄付《きふ》しようかと迷う。懺悔《ざんげ》して少しだけ楽になりたいんです、ハイ。

世界樹の雫は村が買えるくらいの価値があるらしく、ルーファスさんからあんまり使うなと言われている。早速昨日使っちゃったけどね。まあ、背に腹は代えられないって言うし、しょうがない。

冒険者ギルドに着くと、すぐに受付の人がいくつかの仕事を見繕ってくれた。何でも、掃除の依頼が僕指名でいくつも溜《た》まっているそうだ。

「今日もありがとうございます！　蜘蛛のお兄さん」

「あの、一応レンって名前が……」

「二つ名があるなんて凄いことなんですよ、蜘蛛のお兄さん！」

なんだこのノリは、褒めているつもりなのか。

でも、もうちょっとなんかこう、いい二つ名ないかな〜。スパイダーホルダーとかスパイダーマスターとかさ。

うなだれながらも、依頼書を受領して掃除場所に向かった。

◇

「よ〜、蜘蛛の兄さん。今日も精が出るね〜」

「今日もお掃除？　ありがとね〜」

依頼の場所まで街を掃除しながら歩いていると、ほうぼうからそんな声をかけられる。

みんなに返事をしているんだけど、何だかこういうのもいいな。

今日の掃除場所は街の中央とお墓です。

「そんなに汚れていないけど、結構アイテムが落ちてるもんだな〜」

街の中央の掃除はすぐに終わった。僕を指名したのは、日々の感謝の証《あかし》として、簡単な仕事で報酬を受け取ってもらおうと考えたかららしい。みんなからのお礼ってやつだね。

何といっていいか、感動で胸がいっぱいです。

次はお墓に来て掃除を始めているんだけど、落ちているのは普通の木の枝と、何故かナイフと縄。縄なんてお墓で何に使うんだろう？

世界樹の枝の使い道はまだはっきりしてないけど、名前的には捨てられないものだよね。市場に卸すのも怖いし。

『『キシャー』』

「ん、ジャイアンとミスリル、どうしたの？」

ジャイアントスパイダーとミスリルスパイダーが威嚇《いかく》の声を上げた。

このお墓は街から少し離れているので蜘蛛達も出して掃除効率を上げていたのだが、どうやら招かれざる客が来たようだ。

「へっへっへ。なんだ、召喚士なのか」

「安い依頼じゃねえからな。何かあると思ったぜ」

いかにも悪そうな外見の方々が僕らを囲うように現れた。

どうやら衛兵の報告を聞いて、コリンズはすぐに次の行動に出たらしい。

「命までは取らねえよ。お前を連れて来いって言われてんだ」

殺されるかと思ったら違った。そう言えば、僕の料理を食べたいようなことを言ってたっけ。

「そう言われて、『はい、わかりました』とはいかないよ」

「へへ、そんなことは俺達もわかってるさ。せいぜい楽しませてくれよ」

周囲を囲んでいた男達が一斉に襲いかかってきた。

僕は少し前に拾った元ゴミのハイブリッドガードという盾と、オリハルコンのショートソードでいなしていく。

本格的な人との戦闘は初めてで怖いんだけど、結構いけるもんです。この世界に来てレベルが上がってから、急に動きがよくなったんだよね。たぶんステータスが大きく影響しているんだと思う。

ジャイアントスパイダーとミスリルスパイダーだけでは心もとないかと思いきや、ミスリルスパイダーは男達の攻撃をものともしてない。

過剰《かじょう》戦力になりそうだけど、ゴーレムのゴーレも召喚しておこう。

『ゴッ！』

ゴーレムは蜘蛛達よりも目立つから、街中では召喚できなかったんだよね。

ゴーレのストレスの発散も兼ねて、行けゴーレ！

「この野郎、何匹持ってやがる！」

「普通の召喚士じゃねえぞ。詠唱《えいしょう》もしねえで呼び出しやがる。こんなの聞いてねえぞ！」

男達は仲間割れを起こし始めております。やっぱり、お金で動いているような人達はダメですね～。

しばらくすると攻撃が止《や》み、気づけば男達は蜘蛛の糸でグルグル巻きにされていた。

ジャイアントスパイダーが少し傷ついた程度で余裕でした。その傷も、世界樹の雫を飲ませて全快です。

ほぼ無限に手に入る世界樹の雫は、大いに僕の助けになっている。チートっていいな〜。

「衛兵を呼ばないといけないけど、とりあえず……」

お墓が無残なことになっている。ゴーレがハッスルして結構壊してしまった。衛兵に知らせる前に、お墓をコネコネして立派にしておこう。勇者の剣のようなお墓ってカッコイイよね。

ゴーレには、グルグル巻きになった男達を担いで先に街の門まで帰ってもらい、僕はお墓を綺麗にした。

余談だけど、この日を境に街の人たちのお墓の概念が変わったとか変わらないとか……。

◇

街の門に着くと、兵士達が声をかけてくれた。

「君を襲ってきた者達は、これで全員か？」

「はい。手紙、読んでくれましたか？」

ゴーレは『ゴッ』としか言えないので、手紙を持たせておいた。流石に何もなしで門に現れたら、ゴーレが攻撃されそうだからね。ゴーレが心配というより、攻撃されたらゴーレも黙ってないから、兵士達が危ない。

「Cランクの賞金首が混ざっていたが、大丈夫だったのか？」

「え？ そうなんですか？」

確かに最初に斬り掛かってきた人は少し強かったような？

「これが証明書だ。ギルドで賞金を受け取るといい」

「ありがとうございます」

「いやいや、こちらこそ。街の掃除だけじゃなく、こういった輩の掃除までやるとは、我々も頭が上がらないよ」

兵士のおじさんは笑顔でそう言ってくれたが、僕はただ自分の身を守っただけだ。

とりあえず何とも言えない表情で頷き、そそくさとその場を後にした。

【ドリアードの揺り籠亭】に帰ると、綺麗な服に身を包んだ魔族の少女が迎えてくれた。

「お兄……ちゃん　オカエリ」

「アフッ!!」

僕は顔が緩むのを感じて元に戻そうとしたけれど、戻りません。だって可愛いんだもの。

「どうですかな、レンレンさん。私達が教えたんですよ」

「『お帰り』って言えば喜ぶって言っておいたんだ～」

ウィンディとエレナさんが得意げな顔をしている。僕が親指を立てると、二人はハイタッチをして喜んでいた。

「お兄……ちゃん、ありがと」

「アフ～、可愛すぎるぞ!!」

思わず少女を抱き上げて、高い高いしてしまった。途中でハッとして、少女が怯えてしまうかもしれないと気づいたのだが、その心配は杞憂《きゆう》に終わった。手を広げて楽しんでいる。

「レンレンが壊れた」

ウィンディ達にどう思われようと、高い高いは止められない。

しばらくしてさすがに腕が疲れ、魔族の少女を下ろしてあげた。

さて、この子の今後は僕達の手にかかっている。親御《おやご》さんが生きているのなら送り届けなくては。

それにはまず、コリンズを問いたださなくてはいけない。この子はどこから連れて来たのかをね。

「レンレン、いつまでも名前なしじゃかわいそうだよ」

「あ～そうだね。お父さんやお母さんから、何て呼ばれていたかわかるかい？」

「ウ～ン……」

あう、困らせてしまった。いかんいかん。

首を振る少女は、何とも言えない悲しい顔をしている。

「では、みんなで名前を考えましょう」

マイルドシープを抱いた魔族の少女は、大人しく椅子に座って僕らの様子を見守っている。

僕達はテーブルに向かい、紙に思い思いの名前を書いていった。

「はいは～い、一番は私ね～。ピンクの髪だから、ピンクってどうかな！」

おいおい、そんな安直な。犬じゃないんだからさ。

「却下《きゃっか》で！」

「え～」

ウィンディは意気消沈である。本気でそんな名前をつけようとしたのか。なんて恐ろしい子。

「じゃあ、次は私が……コホン！　ピンクの髪に角、そして綺麗な青い瞳。私はこの目に着目したの。この子はクリアクリスよ！　青い伝説の短剣の名前なんだけど、どうかな？

強さと美しさをあわせ持つってことで」

エレナさん、あんた凄いよ。僕の考えていた名前はちょっとどうかと感じていたので、よかった。

「賛成！　最高だね」

「やった〜」

「今日から君はクリアクリスだ」

「クリアクリス？」

クリアクリスはポカンとしているが、徐々に嬉しそうに頬を緩ませた。彼女は小さく「クリアクリス」と自分の名前を呟いている。

「よかったね」

「絶対に両親のところに帰してやるからな」

再び彼女を高い高いすると、子供らしい無邪気《むじゃき》な表情になった。

彼女の笑顔はどんな宝石よりも輝いていたよ。

◇

「クリアクリス、おはよ」

「おはようございます！」

宿の食堂で名前を呼んでから挨拶すると、彼女は喜んで挨拶を返してきた。

僕の側《そば》にいるマイルドシープを見つけたクリアクリスは、すぐにぬいぐるみのように抱え込む。

マイルドシープはみんなに人気があるので常時出しているが、マイルドシープ自身は疲れないのだろうか？

ふと視線を感じてそちらを見ると、ファラさんがいた。

「ファラさん、帰ってたんですね」

「ああ。今朝方、帰ってこられたんだ。また、新人達はゴブリンの巣で立ち往生《おうじょう》していた。危ないところだったよ。レンにもらった雫が役に立った」

「そうですか。よかったです。こっちも色々あって、この子が仲間に加わりました」

クリアクリスは初対面のファラさんに人見知りをして、僕の後ろに隠れてしまった。

僕がファラさんの前に彼女を出すと、ファラさんは優しい笑顔で彼女に挨拶をする。

「私はファラ。君の名前は？」

「わたし、クリアクリス。エレナお姉ちゃんとお兄ちゃんがつけてくれたの」

「そうか、魔族の子なのに言葉が上手だね」

「ウィンディお姉ちゃんとエレナお姉ちゃんに教えてもらった～」

ファラさんは驚異《きょうい》の母性ですぐにクリアクリスと打ち解けた。最初からファラさんがいてくれたら、マイルドシープを出さなくてもよかったかもしれない。

「じゃあ、僕は日課の掃除に行きますね」

「ああ、私は今日休みにするよ。クリアクリスと中庭で遊ぼうかな」

「いいの？」

クリアクリスは、ぱっと表情を輝かせる。

「いいに決まってるよ。今日はお姉さんと遊ぼうね」

本当にファラさんは器用だな。男前で子供の相手もできるって最強じゃないか。

クリアクリスは大喜びで、凄い速さでそこら中を飛び回った。

ファラさんはその姿を見て微笑んでいる。本当に子供が好きなんだな～。

でも、クリアクリスは喜び過ぎです。天井や壁にまで跳ねているよ。やっぱり魔族の力を感じます。

「じゃあ、クリアクリスのことお願いします」

「ああ、いってらっしゃい」

「行ってらっしゃいお兄ちゃん！」

アッフ！　本当に可愛らしい。ファラさんに抱き上げられて、一緒に手を振る姿はまるで母娘のようだ。そんな二人に見送られる僕は父――いや、僕とファラさんとでは不釣《ふつ》り合いなのは重々承知《しょうち》しています。なので、僕の記憶フォルダに大切に刻み込みます、ハイ。

【ドリアードの揺り籠亭】を出て、僕はすぐに冒険者ギルドに向かった。

たどり着いたら、なぜか長い行列できていた。何かあったのだろうか？

「どうしたんですか？」

最後尾《さいこうび》の人に聞いてみると、そのおじさんは腕を組んで振り向いた。

「おう。冒険者の新人がファラっていう人に助けてもらったそうでな。それが凄かったらしい」

おじさん曰く、この人だかりは新人冒険者の話を聞いて、ファラさんに依頼を出しに来た人の列だという。だとすると、雫のことがバレているということかな。

「順番にちゃんと並んでくださいね。あ！　コヒナタさん、今日もお掃除ですか？」

いつも見る受付係の人に声をかけられ、僕は頷く。

「そうですけど。依頼、来てますか？」

「指名依頼が三件入ってます。あとは街の掃除が一件ありますけど、どうしますか？」

「そうだ、指名依頼って、ちゃんと依頼人や内容を精査《せいさ》してくれました？」

昨日はお墓で襲われたけど、ちゃんと調べてくれたのかな。

「え？　ファラさんには何でも受けさせていいと言われてますけど？」

「ええ！　ファラさんが？」

むむむ、あのファラさんがそんないい加減なことを言ったのか。

それで依頼が罠だったとしても、敵の尻尾を掴めるからいいけど……そうか、ファラさんの目的はそれか。納得した。

「じゃあ全部受けます」

「わかりました。あちらの受付に行ってください。私はこの列の対応で手一杯なので」

ということで、僕は別の窓口に行って冒険者カードを渡し、依頼を請負《うけお》った。

第十二話　コリンズ、再訪

「レンレンってば～」

「掃除の依頼を済ませたらね」

「え～、今がいいのに～」

ウィンディが買い物に付き合ってほしいとか言って、掃除しているところに現れた。どうせ荷物持ちをさせたいんだろう。

そうだ、だったらあれを使おう。

「ゴーレを出してあげるから連れて行きなよ」

「え！　いいの？」

ゴーレはウィンディのお気に入りだ。

街の中で出すと騒ぎになるかもしれないけれど、僕の名前を出せば大丈夫だろう。僕は有名人になっているらしいし。

「ああ、何なら依頼も受けてくれれば？　ゴーレがいると戦略の幅《はば》が広がっていいんでしょ？」

「うん！　そうなのそうなの！　やっぱり固いタンク役がいてくれると、後衛《こうえい》の弓使いは助かるんだよね～。ゴーレに魔物を引き付けてもらって、足の遅いやつから倒していったり……」

ウィンディは得意げに語り出した。狩人の血が騒ぐんだろうなー。

とりあえず、もう僕を買い物に引っ張っていくのは忘れているようなのでいいや。雑談くらいは付き合ってあげるとしよう。

◇

「また襲撃があるかと思ったけど、何もなかったな～」

掃除を一通り終わらせて、僕は帰路についた。

街外れの依頼はなかったのでそれほど警戒していなかったが、拍子抜《ひょうしぬ》けだ。

「まあ、人を傷つけずに済んだのはいいことだよね」

「まったく呑気なもんだな」

「エイハブさん？」

独り言を言っていると、後ろからエイハブさんが声をかけてきた。肩に担いだ槍が少し汚れている。何をしていたんだろう。

「呑気って、僕のことですか？」

「お前以外に誰がいるんだよ。少しでも火の粉《こ》を払ってやろうと思って、こっちは動いてるってのに……は～」

何もないと思っていたら、そんな活動をしてくれてたんですか。神様仏様エイハブ様、ありがとうございますだ！

「そうとは知りませんでした。ありがとうございます」

「まあ、なんだ。この槍のお返しっていうのもあるけどな」

みんなに渡した武器は鉄製に見えるが、実際は全てオリハルコンでできている。

オリハルコンは希少だし、加工できるのはドワーフの名匠《めいしょう》と言われている人だけだから、変に目立たないように見た目をごまかしているのだ。

「この槍、すげぇよ。オークを盾ごと両断したんだぜ。まったく、お前の武器は規格外だよ」

「喜んでもらえてうれしいですよ」

エイハブさんは凄く良い顔で笑っている。

オークって言ってたけど、外にいたのかな？

ちょっとアイテムボックスを見てみると、新たにオークウォーリアのジェムが追加されていた。

この間気づいたんだけど、ゲームのパーティーシステムのように、どうやら仲間が倒した敵のドロップアイテムも僕のアイテムボックスに追加されるらしい。本当にチートである。

「オークの肉もあるんですか？」

「ん？　ああ。少し持ってきたから夕飯にどうだ？」

エイハブさんは槍の先端に括り付けている荷物を指さした。手持ちのもの以外はギルドに卸したのかな。

「それは楽しみですね」

「ん……おっと、先に帰っていてくれ。用事ができた。オークの肉も持ち帰ってくれよな」

「え？　わかりました」

エイハブさんは荷物を僕に投げて、槍をぶん回してから来た道を後戻りし始めた。

しばらくして男の悲鳴のような声が聞こえてきたけど、何だったんだろう？

たぶん、良からぬことを考えていた輩が衛兵にでも捕まったんでしょう。

悪いことをして罰が当たるのは、この世界も一緒なのだ。

◇

「フォッフォッフォ～」

オーク肉を堪能《たんのう》したあの日から数日後。

いつものようにエリンレイズを掃除していたら、聞き覚えのある声が耳に届いた。

目を向けてみると、カーズ司祭が民家から出てくるところだった。

一緒に出てきた少女とそのお父さんと思われる人は俯いていて、何だか悲しそうにしている。

「カーズ司祭様、ありがとうございました」

「フォッフォッフォ。よいよい、また病気になったらすぐに言うんじゃぞ」

「……はい」

少女とお父さんはカーズ司祭の言葉に、さらに悲しい顔をした。奴は何をしたんだ？

「ひっひっひ。では、私は教会に帰るぞ」

「あ、はい。それではこちらを。私たちの気持ちです」

お父さんがカーズに革袋を手渡した。少し大きめの袋で、たぶんお金が入っているんじゃないかな？

カーズは革袋を見つめていやらしい笑みを浮かべると、その場を立ち去った。

「お父さん……」

「回復魔法は教会の者と、ごく限られた冒険者しか使えないんだ。お前を助けるためなんだよ」

「でも、あの人……」

「口に出すのはやめなさい。それよりも回復したことを喜ぼう」

「うん……」

お父さんと少女はそう言って家に入っていった。何とも悲痛《ひつう》な表情だ。

「カーズの奴、コリンズと教会の権力をフルに使って悪どいことをやってるみたいだな」

まったく、この世界の上の人達は……。

とりあえず、親子にも雫を渡してあげよう。もちろん、他言無用《たごんむよう》ってことで。

できるだけ、苦しんでいる人は助けてあげないとね。

◇

【ドリアードの揺り籠亭】の自分の部屋で、魔物の強化に取り掛かります。

最近手に入ったゴブリンやオークウォーリアのジェムを使って、二種類の魔物を出してみた。

ゴブリンは周りをキョロキョロと見回して、オークウォーリアは微動《びどう》だにせず鼻息荒く立っている。

「ゴーレよりは小さいけど頼りになりそうだ。早速強化しよう」

デッドスパイダー戦で多くのジェムを得ていた僕は、結構好き勝手に魔物を強化できる。

オークとゴブリンの強化も存分にできそうだ。

「ゴブリンは最上位種まで強化して、オークは亜種で止めておこうかな」

ゴブリンはマイルドシープ並の強化のしやすさであった。最弱の魔物だから予想はしていたけどね。

オークは強化なしでDランクの魔物で、ウォーリアだと少し強めだ。亜種まで上げてCランクになった。

二匹の魔物は武器を持てそうなので、ゴブリンには鉄を加工したショートソードを、オークには盾とハンマーを渡した。二匹とも似合っていて何だか誇《ほこ》らしげだ。

「レン〜、ご飯だよ〜」

「あ、は〜い」

食堂の方からファラさんの声が聞こえてきたので返事をした。

二匹を紹介しようと思い、一緒に連れて行く。

「あれ？　また新しい魔物？」

「オークとゴブリンなんて珍《めずら》しいね。でも、その二種類はあんまり外に出さない方がいいよ。嫌われ者だから」

やっぱりこの子達は嫌われ者なのか。外套でも作って、アサシンみたいに身を隠させようかな。

人型の魔物は色々な作業ができるから、重宝しそうなんだけどね。

「エイハブさんが持ってきた肉だよ。いい肉だし、せっかくだからステーキにしておきました」

ハインツさんが料理を持ってくると、とてもいい匂いがした。

僕はゴブリンとオークをジェムに戻す。

ジェムの魔物は食べ物を食べなくても大丈夫で、どうやら僕のＭＰが食料になっているらしい。気付くと少し減っていたんだよね。

僕のＭＰにも上限があるから気をつけないといけないけれど、何とか今はやっていける。

コンコン！

僕らが食事をしていると、宿の入り口の扉がノックされた。

今の時間は食事処としては利用できない。なので、泊まりのお客さんかと思ったんだけど。

「お邪魔するよ」

「⁉　コリンズ……様。それに……」

何故かコリンズ伯爵とカーズ司祭が宿屋にやってきた。

ハインツさん以外の全員で睨みつけるけど、二人とも動じずにツカツカと中に入ってくる。

図々《ずうずう》しくもステーキの置いてある席に座り、一切れ口に運んだ。

「ふむ、これは普通のオーク肉か。毎日、あの時のようなものを食べているわけではないのだな」

「私も一切れいただきましょうかね」

コリンズとカーズはオーク肉を次々食べていく。一切れって言ったくせに、残っていた肉を全部食べた。この人達は何しに来たんだ。

「それで……お二人はどういったご用件で？」

おずおずと口にしたハインツさんを、きつく睨みつけるコリンズ。偉そうだな～。

「ふんっ。奴隷の件に決まっているだろう。衛兵を派遣したが、いないと報告されてね。大方、買収されたのだろうが、私はどう考えても君たちが怪しいと踏んでいるのだよ」

クリアクリスのことを言っているわけだが……目の前にいるよ。気付いてないみたい。

「今、宿屋にいるのはこれで全員です」

「本当か？」

コリンズとカーズは食堂全体を入念に見回した。目の前でポカンとしているクリアクリスには目もくれない。それだけ、コリンズの中で彼女はどうでもいい存在だったようだ。

こんなに可愛いのに、何て扱いだ。絶対にクリアクリスは渡さんぞ！

「別の部屋を見てもいいですかな？」

「……あ～はい」

カーズが別の部屋を見たいと言ってきました。ハインツさんは呆れながらも先導していきます。

そりゃ呆れるよね。自分の奴隷の顔もわからないんだからさ。

確かに最初ここに来た時よりも身ぎれいになっているけど、別に顔が変わったわけじゃない。

普通、主人なら気付くものなのにね。

「ふむ、確かに誰もいないようだが。住居の方はどうなんだ？」

「ファンナも私もここにいるので、今は誰もいません」

「本当にそうかね？　では私たちが見てもいいであろう？」

ハインツさんは、やれやれといった感じで案内していく。

一応リージュに言っておくか。コリンズに何かしてしまいそうだし。

「リージュ？　見ていただろ？」

「うん、私も呆れてた」

リージュが天井から降りてきて答えた。見ていたなら説明はいらないな。

「手は出さないようにね」

「う～ん……わかったけど、いつあの男はいなくなるの？」

「そろそろルーファスが王都から帰ってくるはずだ。そこからもう少しかかるかな？」

「え～」

とても不満顔だ。リージュはコリンズを始末したいようだが、それをするとハインツさん達に迷惑がかかってしまう。

「確かにいないな」

しばらくしてコリンズとカーズが戻ってきた。

「グッ……何故いないんだ」

「おかしいですな～。コリンズ様、あちらの魔族は違うのですか？」

カーズはクリアクリスを指さしたが、コリンズは彼女を見て首を傾げる。

「角があるから別の者だろう。それに隷属の首輪をしていないしな」

コリンズは馬鹿に馬鹿を重ねるように答えた。カーズもそれを聞いて「そうですか」とか言っているよ。

「ふんっ、魔族などと仲良くしおって、汚《けが》らわしい」

カーズは魔族を差別しているみたいだ。クリアクリスを睨みつけているよ。

教会自体がそういう思想なのかな？　この世界は差別や迫害がいっぱいだね。

「魔族に勉強など、意味がないだろう」

「あっ！」

カーズが、クリアクリスが文字を書いていた羊皮紙《ようひし》を取り上げて床に落とした。

「おい！」

「ん？　何か文句があるのかな？」

エイハブさんは思わず声を上げたが、手は出さずにこらえている。

みんなもカーズを睨みつけています。殺意マシマシだね。

カーズは僕らの視線に狼狽《うろた》え、コリンズの後ろに隠れた。

「魔族などどうでもいいであろう、カーズ司祭」

「そ、そうですな。そんなことよりも、まだ借金の問題がありましたね」

カーズは気を取り直して、借金が書いてある羊皮紙をテーブルにバン！　と置いた。

「残りの借金は金貨20枚ですよ。払えないのであれば……」

「こちらで大丈夫ですか？」

「なっ⁉」

負けじとハインツさんがドカンと金貨の入った革袋を羊皮紙の上に置き、カーズは目をまん丸くする。

「確かに金貨……ぐぬぬ」

中身を確認したカーズは、唇を噛み締めて唸《うな》る。

「今日の用件はこれで終わりですか？」

ハインツさんは、すっごい笑顔で言い放っています。僕も言いたかったな～。

「ちぃ……カーズ司祭、帰るぞ」

「は、はい。覚えておれよ……」

そんなわけで、とても悔しそうな顔で二人はお帰りになりました。

「こんな可愛い子に気付かないなんて、レンレンよりも可哀《かわい》そうな人だね」

「ほんと」

ウィンディとエレナさんは、クリアクリスの頭を撫でながら話している。

何故そこで僕が出てくるのかわからない。これは名誉棄損《きそん》ではないのか？

ウィンディを見ると、彼女はそっぽを向いてしまったよ。何でだろう？

◇

コリンズが来た次の日。今日は指名依頼がなかったのでお休みにします。

今までの製作品を売ろうと思いつき、商人ギルドへ向かった。

あんまりこの街の商人ギルドには行きたくなかったんだけど、自分が作った物の価値が知りたくて。エイハブさんに聞くと凄い金額を言われるので、本当かどうか、確かめたいと思ってしまったのだ。

だけど一人じゃ心配ということで、エレナさんとファラさんがついて来てくれた。

まあ、僕達はコリンズに目を付けられているし、まともに相手してもらえないかもしれないけどね。

ウィンディは相変わらず不機嫌で、むくれてゴーレを寄越せと言い、出してあげたらどこかに行っちゃった。何か怒っているみたいなんだけど、わけがわからない。

ともあれ、僕ら三人は商人ギルドについた。

商人ギルドは神殿みたいな太い柱がある白い建物だ。テリアエリンの商人ギルドよりも少し敷居《しきい》が高い感じがする。

中に入って舐められるのは嫌なので、ファラさんが先頭。怖気《おじけ》づいてしまったわけではありません、これは戦略です。

「おや、冒険者の方ですか？」

「ああ、私は冒険者ギルドの者だ。今日は卸したいものがあって来た」

前の僕と違って良い対応をされるファラさん。やっぱり気品が漂っているのかな？

「魔物の素材か装備でしょうか？」

「レン？」

「あ！　そうです。主に装備を卸したいんです」

ファラさんに促され、慌てて答えた。

「こちらの方が？」

ちょび髭のおじさんが怪訝な顔で僕を見やった。やっぱり、僕じゃダメなのかな？

「ポーターか何かですかな？」

「いや、彼は鍛冶士だよ。腕前は装備品を見て確認してくれ」

ファラさんはちょび髭に威圧に近い感じで言い放った。それでもちょび髭はまだ訝《いぶか》しんでいる。やっぱり感じ悪いな～。

「では装備担当の者を連れてきますので、あちらの受付でお待ちください」

ちょび髭はそう言って奥の部屋に入っていった。

言われた通り、僕たちは一番端《はし》っこの受付で待つ。

「ここでレンの装備をちゃんと評価できるのかな？　ちょっと心配」

今までのやり取りを見てエレナさんが不安そうに言う。

商人ギルドに認められないと、大々的に商売はできないからな。僕が作ったものは、すべて十や二十どころの数じゃない。ギルドを経由しないと、売りさばくのに難儀《なんぎ》するだろう。

「良い商品は商人の心を動かす。それに、商人ギルドが腐っているのなら冒険者ギルドで買い取ってもいいしね」

「ええ!?」

「あれ？　言ってなかったっけ？」

初耳だ。冒険者ギルドで買い取ってくれるなら、商人ギルドに来る必要はなかったよ。

「私としては商人ギルドの現状を見たかったから、丁度よかったんだ。ごめんね」

ファラさんが可愛らしくウインクした。うむ、男前のファラさんがお茶目にしていると、何とも言えない可愛らしさを感じるな。

ファラさんは、商人ギルドにどれくらいコリンズの息がかかっているか、改めて確認するつもりだったのか。それで冒険者ギルドの動き方も決まるということらしい。流石ファラさん、男前〜。

◇

商人ギルド長であるちょび髭の男は、奥で作業をしていた一人の青年に声をかける。

「冒険者達が装備を見てほしいそうだ。ビリー、見てやりなさい」

「え！　私がですか？　だけど僕は靴《くつ》を……」

青年はギルド長に命じられ、持ち込まれた靴を鑑定スキルで見ているところだった。

「適当にあしらってすぐに終わらせればいいんだよ。どうせ鉄やら銅やらの装備だろうからね。ファラという方はとても優秀《ゆうしゅう》そうだったが、装備を持ち込んだ人は素人丸出しだ。私が相手をするまでもない」

「わかりました……（鑑定スキルがないだけだろ）」

「何か言いましたか？」

「いいえ。では、私は行きますね」

ビリーは鑑定スキルを持っているが、ちょび髭のギルド長にはない。それを妬まれ、靴しか鑑定させてもらえないのだった。

ちょび髭のゾグファは先代のギルド長の息子で、先代が亡くなって跡《あと》を継《つ》いだのだが、鑑定スキルがないことにコンプレックスを抱いていた。経営手腕《しゅわん》もなく、コリンズ伯爵の後ろ盾でなんとかなっているという状況だ。

商人ギルドには三名の鑑定スキル持ちがいるものの、その誰もがちゃんとした仕事をさせてもらっていない。

三人ともゾグファに不満を抱えつつも、我慢して働いていた。

ギルドを出ようにも、この街ではゾグファやコリンズ伯爵に目をつけられれば商売していけないからだ。

ビリーはため息をつきつつ、ギルドの受付に向かった。

◇

「お待たせしました。冒険者の装備などを取り扱っています、ビリーと申します」

色々考えていると、装備担当の人が受付に座った。ちょび髭よりもだいぶ若い人だけど、結構真面目そうで好印象だ。

「早速、装備を見せてください」

ビリーと名乗った青年は、カウンターの上で手を組んでそう言ってきた。

僕はとりあえず一本の剣を取り出す。見た目はただの鉄の剣、だけどこれは持ち手に世界樹の枝を加工して使ってみた。

僕には強さが見えるから枝を使った効果があるのはわかってるんだけど、価値がどれくらいになるのかはわからない。

「鉄の剣ですね……」

ビリーは僕から剣を受け取り、マジマジと見つめた。上下左右から、じっくりと観察する。

「あれ？ ……鉄ですよね？」

「はい」

何かに気付いたらしいビリーが声をもらした。僕が答えると、また剣を見始める。

「鑑定スキルを使いますね」

一度目を瞑ってから大きく見開くと、ビリーの目の色が青から黄色に変わった。

しばらくして、ビリーの額に汗が浮かんでくる。

「これは冒険先で手に入れたんですか？」

「えっと……」

返答に困ってファラさんとエレナさんに視線を送ると、二人は首を横に振った。真実を話しちゃダメってことだろう。

「そうなんです。廃墟《はいきょ》を探索《たんさく》していたら沢山《たくさん》あって」

「それはおかしい……鑑定持ちを舐めないでいただきたい。僕はあのちょび髭――ゾグファとは違うんです。ここでは何ですから、奥の部屋に行きましょうか」

僕らはビリーに案内されるまま、奥の部屋に向かった。そこは応接室らしく、ソファーに座るよう促される。

「この部屋には防音の魔法がかかっています。本来はゾグファみたいな偉い人が使う場所です。施錠《せじょう》もしてあるので、誰にも邪魔されません」

どこか切羽《せっぱ》詰まっている様子のビリー。大丈夫だろうか？

「何か事情があるみたいだね」

「ええ、取引の前にお話ししたいことがあります」

ビリーはお茶をみんなに配りながら話し出す。

「いい加減、ゾグファには嫌気がさしました。権力を振りかざして、私とあと二人の鑑定持ちをいじめているんです。そして、この武器を見て確信しました。今がクーデターの時だと！」

何だか闘志を燃やしている。僕らは今のところ蚊帳《かや》の外なんだけど。この人、大丈夫かな？

「あ、すみません。つい興奮《こうふん》してしまいました。ともかく、僕にあなたの装備を売ってください。全部です！　それを使って別の街のギルドと取引をして、ゾグファを地に落としてやるんだ！」

おおう、何だか「いいえ」とは言いづらい展開だ。

僕はこの話に乗ろうと思う。

ゾグファはこのギルドの責任者。ということは、コリンズ伯爵と悪だくみをしているのは彼だということなんだよね。

ビリーがゾグファに勝ってギルドの責任者になれば、万が一ルーファスさんが失敗しても、コリンズを追い詰めることができる。

保険的なこの策略《さくりゃく》。思わぬところで道ができた。

「売りたいという装備は、どのくらい数があるんですか？」

「えっと……今の剣は三百ほど」

暇な時、適当に作ってたんだよね。鉄は鉱山で捨てるほど出たし、銅も結構あって剣やら槍やらにしている。

どれもこれも世界樹の枝で作った木材で加工しているから、聖属性のダメージボーナス付きだ。

この世界の武器は属性ダメージが付くだけでレアらしく、普通はこんなに手に入らない。

さすがに怪しまれるかな。

「……よっしゃ～!!」

「キャ！」

ビリーが吠《ほ》え、驚いたエレナさんが僕に抱きつく。うむ、お胸は良いものだ。

「あ、ごめんなさい」

「いえいえ、またのご利用をお待ちしております」

なるべく平静を装《よそお》いつつ、そんな風に返してみた。

「イチャイチャしない。それで、いくつ入用《いりよう》なんだ？」

僕たちを注意すると、ファラさんは冷静にビリーへ質問する。

「そうですね……とりあえず百は欲しいところです。厚《あつ》かましいお願いなのですが、お金は一部をこの場でお支払いし、残りは後払いでいいでしょうか？」

「いくらくらいになるんですか？」

「そうですね。こんな感じです」

ビリーは、何とそろばんを取り出した。異世界で出会えるなんて感動だ。こういったところは元の世界と一緒なのかと思って、なんだかホッとしました。

感慨深く見守っていると、ビリーのそろばんは億の単位を弾いていた。

「5億？」

「はい、一本500万リルですので、百本で5億です」

え？　5億ってことは？　間違いなく白金貨になりますやん。初めて見る硬貨ですよ。

「ちょっと待ってくれ、白金貨なんて渡されても普通の店じゃ使えないぞ」

ファラさんからストップがかかった。

普通のお店じゃ使えないんだ。そりゃそうか、お釣りを出せないよね。

「では金貨でお支払いしましょうか。とりあえず5億のうちの1億をお渡しします」

目の前に金貨が積まれていく。

僕は圧倒されながらも、アイテムボックスから剣を取り出した。

「マジックバッグを持っているんですね。じゃあ、こっちのバッグに入れていってください」

おっと、無防備にアイテムボックスから取り出してしまった。

なんでビリーが驚かないのかと思ったら、彼もマジックバッグ持ちですか。流石商人ギルド。

とはいえ、マジックバッグも無限に入るわけではない。

ビリーが持っているマジックバッグは六畳間ほどの容量しかないらしい。それ以上となると、かなり高価になってしまうとか。まあ、それでも充分だと思うけどね。

「動き出したら知らせに行きます。それまでゾグファには近づかないようにお願いしますね」

ビリーの言葉に僕は頷いて金貨をしまう。

ギルドから出る時も、そそくさと目立たないように出ていった。

なんだかクーデターの手助けをしたみたいで後ろめたい。

だけど、ゾグファが痛い目を見るのは因果応報《いんがおうほう》。いいことしたんだ、うん。

そう言い聞かせる僕でした。

第十三話　コリンズの罠

ビリーと話した次の日、ルーファスさんが帰ってきた。

その様子から、いい知らせではないのが窺えた。

「すまない、門前払いだった。コリンズ伯爵は腐っても貴族なようだ」

ルーファスさんは二日ほどで王都レイズエンドに着いたらしい。そこからずっと、コリンズの暴政《ぼうせい》を訴える手紙を城に届けてほしいと頼んでいたそうだ。

どうにか受け取ってもらえたものの、数日経っても返事がない。不審に思ってルーファスさんが調べたところ、訴状《そじょう》は兵士が城に届ける前に、貴族の誰かに取られたらしい。

貴族の名を聞き出そうとしたけど、兵士は冷や汗をかいて俯いたまま黙りこくってしまったとか。

コリンズ伯爵の後ろには、よっぽど大きな存在がいるのだろう。

テリアエリンもそうだったけど、この世界の貴族や王族は民のことを何だと思ってるんだ。

「レイティナ様にお願いをしておくか？」

「え？　レイティナさん？」

そういえば、レイティナさんはレイズエンド王の娘だったっけ。なんでテリアエリンにいたのかは疑問だけど。

そう口にすると、エイハブさんはため息をついて説明してくれた。

「レイティナ様はテリアエリンの王を監視していたんだ。レイズエンドの王の指示でな。思った通り、テリアエリンは勇者召喚なんてしてレンには迷惑を……あれ？」

エイハブさんの言葉に、宿屋にいた全員が凍《こお》り付いた。

ちょっとエイハブさん、まだみんなには僕が勇者召喚されたことを言ってないんですけど。この空気、どうしよう……。

「あ！　そうか。みんな、レンが勇者召喚されたってまだ知らなかったんだっけか？」

「ちょ～っとエイハブさん！」

文句を言おうとしたけど、時すでに遅し。

「レンレンって勇者だったの！」

「レンが勇者」

「やっぱりそうか」

「道理で」

ウィンディ、エレナさん、ファラさん、ルーファスさんがそれぞれ感想を呟いている。

でも、薄々気付いていたよね。アイテムボックスや鍛冶などのスキルで、常識外れのアイテムを作っているから。正確に言えば僕は勇者じゃないが、話がややこしくなるので黙っておいた。

「レンのことは後だ。話を戻すぞ。レイティナ様に頼めば、レイズエンド王に直接手紙を届けることもできる。それでレイズエンド王からコリンズの爵位《しゃくい》の剥奪をしてもらえれば万事解決だ」

その計画にみんなが賛成すると、すぐにエイハブさんは早馬に乗ってテリアエリンへと走った。

ルーファスさんはテリアエリンでの評判が悪いので、今回はエイハブさんに頼んだ。

ついでにテリアエリンのみんなにも挨拶してもらうように言って、手紙を渡しました。

エイハブさんを見送った夜、またコリンズがやってきた。

「今日は君をうちに招待しようと思ってね」

宿屋に入って僕に近づいてきたコリンズは、そう言って手紙を差し出した。

「パーティーをするんだ。ぜひ、パートナーと一緒に来るといい」

コリンズは用件を告げてすぐに宿屋から出ていった。

僕にとってはここからが災難《さいなん》だった。

「ふむ、罠だな」

「ですよね」

罠なのは明らかなので、慎重にパートナーを選ぶことになったんだけど……。

「ここは今まで一番過ごす時間が長かった私だよね。そうでしょ？　レンレン！」

「いや、一番強い私だろ。もしもの時は自分達の身を守れる者が……」

ファラさんがウィンディに待ったをかけると、負けじとウィンディも言い返す。

「私だって狩人だもん。大丈夫だよ」

「私も行きたいです！」

「エレナはやめておけ。戦えないんだから危ないだけだ」

「そうそう！　危ないよ」

「それでも行きたいんです」

ウィンディとファラさん、それにエレナさんが言い合いをしている。

これはどういった状況なんだとルーファスさんを見やると、そっぽを向かれたよ。薄《はく》情者《じょうもの》！

「よし！　ここはレンに選んでもらおう」

「そうだね。ここはレンレンに」

「レン！」

三人とも潤んだ目で僕を見つめる。

絶対に罠なんだから、ここはファラさんが適任だよなぁ。そう考えて、ファラさんにお願いした。

「うむ、流石レン。今がどういう状況かわかっているみたいだね」

「む〜、レンレンの薄情者！」

「やっぱりダメなのかな？」

選ばれなかった二人は自分の部屋に帰ってしまった。

でもしょうがないでしょ、命にかかわるもん。

◇

「レン・コヒナタ様ですね。ようこそ、コリンズ邸のパーティーへ」

街の中心地にあるコリンズの屋敷。入り口で招待状を提示した僕らに、執事《しつじ》がお辞儀をする。

今の僕とファラさんは正装《せいそう》だ。

ファラさんは白いドレスで、普段のカッコよさとはまた違って、めちゃくちゃ綺麗です。

僕は白いタキシード。大慌てで仕立て屋さんに駆け込んだ末に作ってもらったものだ。

ウィンディとエレナさんには褒められたけど、ファラさんは何も言ってくれなかった。

ちょっと気にしてます。

「こちらがパーティー会場で、お手洗いはあちらになります。何か御用があれば我々に」

執事のお爺さんは、そう言うと一礼して下がっていった。

「ファラさん、とっても綺麗ですね」

「な、何だ急に！」

口調でいつものファラさんだなあと実感するが、顔が真っ赤なのが可愛い。

「いやいや、僕なんかとは不釣り合いだな～って」

改めて周りと自分を見比べると、何とも情けなくなる。せめてもうちょっと身長があればな。

「そ、そんなことないぞ。……とても似合ってるじゃないか」

「え？　何て？」

何で突然小声になるんだ。

「いや、何でもない。いいか、くれぐれも警戒を怠《おこた》るんじゃないぞ」

ファラさんはむくれて、料理の並べられているテーブルへ歩いていった。

まあ、いいか。僕も罠が発動する前に料理を楽しもう。

「紳士淑女《しんししゅくじょ》の皆々様！　今宵《こよい》は楽しんでいらっしゃいますか！」

しばらくすると、コリンズが扇状《せんじょう》に広がった階段から下りてきた。途中で僕に気付き、ニヤリと笑う。お仲間のカーズ司祭はいないみたいだ。

「これはこれはグラク男爵《だんしゃく》、お元気でしたかな？」

コリンズは階段の下にいた貴族達に声をかけていき、やがて僕へ近づいてきた。

「ようこそ、私のパーティーへ。綺麗な女性と一緒で羨《うらや》ましい限りだ」

「それはどうも」

コリンズは、僕の後ろでまだ料理を堪能しているファラさんをちらりと見た。今までさんざん刺客を送り込んできておいて、本当に白々《しらじら》しいなあと呆れてしまう。

「貴様！　コリンズ様には敬語で話さんか！」

「いや、いいんだ。彼は私の友なのだから」

いつ僕はコリンズと友になったんだ。それに突然怒鳴《どな》ってきたこの人は誰だ？

「紹介しよう、こちらはエリンレイズの第二騎士団の団長、ギザール君だ。実質、エリンレイズで二番目に強い男だよ」

「そんな、私など。第一騎士団のアイゼンとは雲泥《うんでい》の差。これからも日々精進《しょうじん》する所存《しょぞん》です」

なるほどなるほど、戦力を見せびらかしているのか。無駄な抵抗はやめろってこと？

「その声は、ギザール……」

「ファラか！」

料理を食べていたファラさんが、ギザールに気付いたようだ。食べてないで一緒に対応して欲しいんだけど。

ギザールは嬉しそうに頬を緩めて歩み寄るが、ファラさんは顔を背《そむ》けている。

「ファラ！　急にいなくなって探したんだぞ」

「はぁ……」

ファラさんはまともに取り合う気がないらしい。

こんな知り合いがいるなんて、ファラさんにも何か凄い過去があるのかもしれないな。

騎士団の団長ってことは、ギザールという人もそれなりに有名なんだろう。

「今まで何をしていたんだ？」

ギザールがファラさんの肩に手を置くと、ファラさんはそれを振り払った。

「ちょっと、触るんじゃない」

「僕らの仲じゃないか」

「どんな仲だ、ただ親の決めた許嫁《いいなずけ》ってだけだろう。それも『元』だ」

許嫁だと！　やっぱりそういう話が普通にあるんだな……。嫌そうにしている理由がわかった。

その時、コリンズが突然大きな声を上げた。

「なんという偶然《ぐうぜん》の再会！　これは運命だ、すぐにでも二人の婚姻《こんいん》の儀を執《と》り行いましょう！」

「「ハァ⁉」」

とんでもないことを言い出した。僕とファラさんはもちろん、ギザールも仰天している。

一方、パーティー会場にいる貴族達はみんな拍手で場を作り始めた。

「冗談じゃない！　私は帰る！」

「コリンズ様！　流石にこれは……」

「おや？　ギザール君まで。君はこの女性のことが好きなのでしょう。では、このまま結婚してしまえばいいじゃないですか」

「ですが……」

帰ろうとしたファラさんの前に執事が立ち、行手《ゆくて》を阻んだ。

コリンズの強引さにギザールも引いている。流石にこのやり方は好まないようだ。

「これは命令だ。あの女と結婚してこちら側に引き込むのだ。そうすれば、ハインツやレン君を揺さぶる手段が増えるからな」

コリンズは小声でギザールにそう言ってるけど、僕にも聞こえてるよ。

まったく。こんな命令、どうかしてるとしか思えん。

「ファラさんを困らせないでください」

ファラさんを庇《かば》いつつ、僕は呆れながら言った。

「おや？　この結婚に反対なのですか？」

「当たり前だよ。いきなり結婚しろって言われて、『はい、わかりました』なんておかしいでしょ」

するとコリンズは顎に手を当てて考え込み、やがて口を開いた。

「では、ファラさんをかけて勝負をしましょう。もちろん、相手はこのギザール君です」

コリンズはこの状況を面白がっている。

だが、それでいいのかもしれない。貴族の権力を思いっきり使われるよりかは、勝ち目がありそうだ。

「勝負の内容は？」

「そうですね……ファラさんにいくつか欲しい物を書いてもらって、ギザール君とレン君がそれぞれ目を瞑って選び、期日中にどちらが早く持ってこられるか競うというのはどうでしょうか？」

ふむふむ、面白いじゃないの。

ファラさんは僕の経済状況をわかっているし、最近は製作物も知っている。勝ったも同然だね。

「え！　私の欲しい物を言っていいのか？」

そんな声が聞こえてファラさんを振り返ると、目がキラキラ輝いていた。その目が僕に向けられていて、何だか嫌な予感がします。

「ええ、そうですよ。ファラさんが今欲しい物です。条件はこの世に存在すること。流石にない物を持ってくるのは無理ですからね」

コリンズも何かを察したらしく言いなおしている。

勇者の剣とか勇者の盾とか言われても、それがどういったものかわからないと意味ないもんね。

「う〜ん、悩むな」

ファラさんはペンを耳に挟んで腕組みし、考え込んでいる。

しばらくするとペンが走っていき、五個の欲しい物が紙に書かれた。

「ふむ、ふむふむ、いいでしょう。これなら私も知っています。ただ、一つはSランクの商品ですがね。私でもまだ一度きりしか見たことない」

コリンズは紙に書かれている物を見てニヤニヤしながら言い放った。

そんな凄い物は、僕でも手に入らないかもしれないな……どうしよう。

「ではギザール君から、この箱に手を入れてください」

紙の入った箱にギザールが手を突っ込む。しばらく中をかき混ぜて、一枚の紙を取り出した。

「これだ！」

「おお、これはアダマンタイトの小手。お金さえあれば手に入る代物《しろもの》ですね。とはいえ、大変高価だ。ファラさんは何とも……」

「何でもいいと言ったじゃないか！」

ファラさんはコリンズに抗議《こうぎ》しているけど、僕もちょっと引いている。

だってアダマンタイトって言ったら、ドワーフくらいしか加工できないもん。販売価格はとんでもなく高い。貴族でなければ手を出せない一品だ。

「ではでは、財を求めたファラさんは放っておいて、レン君、君の番ですよ」

僕は箱に手を入れ、ゴソゴソとかき混ぜて一枚の紙を拾う。

あ、世界樹の枝だ……。

「プッ！　ハハハハハハハハ、これは面白い。一番難しい物を引いてしまいましたね、レン君」

会場は笑いに包まれた。どうやらコリンズが一度しか見たことないアイテムとは、世界樹の枝だったらしい。

「あ〜笑った笑った……お二人は期日までにそのアイテムを持ってきてください。ちなみにレン君が勝ってもメリットがないと思うので、私から商品を出しましょう」

僕が世界樹の枝を持っていることは黙っておく。もちろん、ファラさんも知っているので小さなガッツポーズを見せ合っています。

コリンズはそうとも知らず、自分を追いつめていく。

「そうですね……レン君やお友達に商人ギルドとの商売を許す、というのはどうでしょう?」

確かにそうなればいいけど、それはビリーの方で解決する可能性が高いんだよね。なので、僕はもう一つ追加で要求してみた。

「あと一つ、ハインツさんに謝ってほしいな。最高の謝罪《しゃざい》をね」

「ハァ?」

ハインツさん達に謝罪してほしい。本当はコリンズが街からいなくなるのが最高だと思うけど、流石に呑まないと思うからね。

「ふ〜、何を言うのかと思ったら……まあ、いいでしょう。どうせ世界樹の枝を手に入れることはできません。何せ、エルフの結界で世界樹の近くには行けないのですからね。ハハハハハハ」

コリンズは勝ち誇ったように高笑いをし始めた。

言いましたね、コリンズは「いいでしょう」と。

「皆さん聞きましたか？　コリンズ伯爵は確かに了承《りょうしょう》しましたよね」

僕が会場の人々に話を振ると、皆ポカンとこちらを見つめる。

そして、僕は十本ほどの枝を取り出した。

そうです、世界樹の枝です。枝は蛍《ほたる》のような輝きを放ち、室内を照らしていく。

「そ！　それは……紛れもなく本物の……」

会場のどこかから、そんな声が聞こえた。貴族の集まるパーティーだから、他にも誰か世界樹の枝を見たことがある人がいるのかもしれない。

コリンズも驚き戸惑っていて、会場のみんなは言葉を失っていた。

世界樹はエルフに守られていて、人族は触れることもできないらしい。

王族のごく一部の人しか、そこから採れた世界樹の葉や枝を見たことがないそうだから、コリンズやさっき声を上げた人は、たぶん王族から見せられたものを覚えていたのだろう。

エルフは基本人族が嫌いらしいので、コリンズに見せたその王族はエルフが心を開くような、とても良い人なんだと思う。あるいは、エルフから奪ったか……だけど、考えたくありません。

「じゃあ、この勝負、僕の勝ちですね。ファラさんは返してもらいます」

「皆さん、お騒がせしました」

「ま！　待て！」

早々に立ち去ろうと、ファラさんの手を取り屋敷から出ようとしたんだけど、ギザールから声が上がった。焦《あせ》るように僕らに近づいてくる。

「ファラ！　僕は君が好きなんだ。君は僕を嫌っているかもしれない。今思えば子供の頃の僕は意地悪だった。しかし、今は違う。純粋《じゅんすい》に君が好きで――」

「それを信じられると思っているのか？　あなたの家が私の家を潰したのだ。あの家は帰ってこない。お父様だって」

どんな過去があるのかわからないけど、ギザールの家がファラさんの家族を壊したことはわかった。

それでもギザールは引き下がらない。

「あれは母が――」

「知っている。でも、あなたの家が私達家族を壊したのは事実だ」

「……」

ギザールの言い訳を遮《さえぎ》ってファラさんが告げた。

ギザールは言葉をなくして俯く。

そのまま動かなくなったギザールと、愕然《がくぜん》としているコリンズを尻目に、僕らはコリンズの屋敷を去った。

◇

「レン、ありがとう」

「いえ、ファラさんの機転のおかげですよ」

【ドリアードの揺り籠亭】への帰路、歩きながらファラさんと話す。

ファラさんは僕の持っているアイテムを、ある程度理解していた。アダマンタイトだって鉱山を見つければすぐに作れるだろうと思って書いたらしいし、他の紙にもすべて僕の持っているものを書いたようだ。流石ファラさんだね。

「でもよかったんですか？　貴族に戻れるって話だったみたいですけど」

「ふふ。貴族なんて単なる肩書きだよ。結婚にも興味はないし。まあ、気になる人はいるんだけどね」

ファラさんは不意にウインクをする。後ろを振り返るが誰もいなかった。

その直後、ファラさんの拳が僕のお腹《なか》に打ち込まれる。

「まったく、レンって男色趣味なのか？　ウィンディやエレナみたいな美人に囲まれて何もしないなんて」

「あう」

お腹が痛いので答えられません。動きにくいドレスを着ているのに、こんな威力のリバーブローを出せるのだから凄い。流石レベル50の元冒険者。

「そんなに痛がられると女として悲しいな」

ファラさんは軽く小突《こづ》いたつもりかもしれないけれど、こっそり僕の作った装備を二つも身につけてるんだよ。ＳＴＲが５００もプラスされているので、攻撃力が上がっています。なので、僕が悶えるのは必然です。

「まあいい、早く帰ろう」

「そうですね……」

うずくまっていた僕に、ファラさんが手を差し伸べる。

僕はそれを掴み、手をつないだまま【ドリアードの揺り籠亭】へ。

中に入ると、みんなは寝ずに待っていてくれた。でも、ファラさんと手をつないでいたことを揶揄《からか》われて、何とも恥ずかしい思いをしてしまいました。

ファラさんの手は柔らかかったな。そんな手であの威力の攻撃が出せるのだから驚きだ。

◇

『キシャー！』

「はいはい、また～？」

コリンズのパーティーから帰ってきた日の夜、デッドスパイダーとリージュがせかせかと宿の外で曲者《くせもの》を捕まえている。三人一組で一時間に一度の間隔《かんかく》で襲撃が来ているらしく、とてもうるさい。

リージュのツタが鞭《むち》のように地面を叩く音と人の悲鳴が聞こえたかと思えば、デッドスパイダーが糸を出す時の独特《どくとく》の鳴き声も響き渡る。

おかげで、眠りについては起こされるといったことを何度も繰り返していた。

「やっぱり世界樹の枝を見せたのは失敗だったかな？」

世界樹のアイテムは、一般的には喉から手が出るほど欲しい物なんだと改めて思った。

僕らはまた街を離れなくてはいけないかもしれない。

「レン……」

世界樹のことを考えていたら、すっとわずかに扉が開いた。

そこからファラさんの顔が覗く。

「ファラさん、こんな夜更《よふ》けにどうしたんですか？」

ファラさんが薄手の寝間着で枕を持って立っていた。何だか艶《つや》っぽい。

「その、眠れなくて。それに世界樹を見せたせいでこんなに襲撃が来ていると思うと、ハインツさん達に申し訳なくてね……」

ファラさんは目を伏《ふ》せて呟く。

「残念ですけど、この街ともお別れかもしれません。まさか世界樹がここまで凄いものだとは思わなかったです」

「私も、レンが十本も持っているとは思わなかった」

すみません、十本どころか五百を超えています。

僕にとっては道端《みちばた》ですぐに拾えるものだけど、持っていると迷惑な人しか集まらないということが今回のことでわかった。

「明日の朝は、襲撃者の輸送で終わりそうだな〜」

「私も手伝うよ」

「「私達も手伝います」」

「わ！　いつの間に」

僕の呟きにファラさんが答えると、ファラさんの後ろからウィンディとエレナさんが枕を持って睨んできた。

部屋の中に入ると、何故かみんなで僕のベッドを占領《せんりょう》。三人の美女がベッドに寝ているのは良い眺めだけど、僕は彼女たちに言われて床で横になる。床は冷たいです。僕のベッドなのに。

「グスンッ」

寂しいので、マイルドシープを召喚して抱き枕にして寝ます。

ああ、マイルドシープは暖《あたた》かいな～。

第十四話　反撃開始

私はクリアクリス。

レンお兄ちゃん達に名前を付けてもらった魔族の子です。

「むにゃむにゃ、マイルドシープはふかふかだな～」

「お兄ちゃん起きて～」

朝になったのに、一向に起きてこないレンお兄ちゃん。

私が起こしても全然起きないの。それに少し様子がおかしい。だって床で寝てるんだもん。

「お兄ちゃん起きない……私も寝る」

レンお兄ちゃんの隣で横になったら、私も眠くなってきちゃった。

でも、気持ちいいからいいの。

レンお兄ちゃんは、私を助けてくれた最高のお兄ちゃん。

お兄ちゃんの匂いが私を包んでくれて安心しちゃう。勝手に瞼《まぶた》が閉じちゃったから仕方ないの。

みんなは、デッドスパイダーの糸でグルグル巻きにされた襲撃者さんを冒険者ギルドへ運んでいる。

かなりの数だけど、レンお兄ちゃんが召喚しておいたゴーレムさんや蜘蛛さん達、オークさんとゴブリンさんもいるから、結構早く終わりそう。

「レンさん、起きてこないね」

「あれ？　さっきクリアクリスに起こしてきてって頼んだのに」

「あと四人で終わるし、エレナもレンレンを起こしに行ってあげて。あとは私とゴーレでやっちゃうから」

外から、ファラお姉ちゃん、エレナお姉ちゃん、ウィンディお姉ちゃんの声が聞こえる。

「ファラさん、一緒に行きましょ」

「そうだね、行こうか」

エレナお姉ちゃんとファラお姉ちゃんは、一緒にレンお兄ちゃんを起こしに来るみたい。

お姉ちゃん達の話によると、夜に来た変なおじさん達の多くは、雇われの素人さんだったんだって。中にはCランクの賞金首さんも何人かいたみたいだけど、その賞金はすべてレンお兄ちゃんのものになるみたい。

変なおじさん達の依頼主さん、レンお兄ちゃんの懐を温かくしているだけってことに気付かないのかな？

世界樹の枝に目がくらんで、深く考えられないのかもしれないって、ファラお姉ちゃんが言ってた。

◇

「むにゃ……クリアクリス？」

目覚《めざ》めると、僕は抱きしめていたマイルドシープとは別の感触に気付いてそう呟いた。

クリアクリスは目を瞑り、寝息を立てている。

「これは動けないな……」

安心しきって眠っているクリアクリス。

動くと起こしてしまいそうなので、僕は起きるのをやめてクリアクリスの頭を撫でる。

クリアクリスは眠りながら微笑んで気持ちよさそうだ。

「改めて、こんな子に酷《ひど》いことしたコリンズが憎《にく》いね……」

魔族がどうとか僕には関係ない。罪のない人が傷つけられるのは見ていられないな。こんな可愛い子の角を折ったり、痣ができるほど叩いたりするなんて考えられん！

クリアクリスは何としても守らないと。

「お兄ちゃん……くすぐったい」

僕の撫でる手でクリアクリスは起きてしまったようだ。恥ずかしそうに俯いている。

「私が起こしても起きなかったんだよ～。みんなはおじさん達を運んでたの」

「ええ、もうそんな時間？」

いかんいかん、マイルドシープのふかふかにやられた。時間を無駄にしてしまったな。

「お兄ちゃん抱っこ！」

「はは、甘えん坊だな～」

クリアクリスは抱っこをせがんできた。元の世界の姪《めい》っ子を思い出すな。よくこうして抱っこしてあげたっけ。

それにしても、クリアクリスは大分うまく話せるようになった。元々、頭はよかったんだろうね。

あと、エレナさんとウィンディのおかげかな。二人にもお礼を言わないと。

クリアクリスを抱っこしてあげると、部屋の扉が開いてファラさんとエレナさんが入ってきた。

「二人とも、作業をするなら僕を起こしてよ～」

「クリアクリスに起こしてくるように言ったんだけど……」

「あ、なるほど」

エレナさんの言葉を聞いて、クリアクリスが僕の隣にいた理由がわかった。

彼女はいつもならファンナちゃんと一緒に寝ているから、どうして僕の部屋にいたのか謎だったんだよね。

「ごめんなさい……」

クリアクリスがエレナさんの言葉に反応して泣きそうになっている。

僕らは慌ててクリアクリスを宥めた。

「いいのよ、クリアクリス」

「そうそう、いけないのは起きなかった僕で」

「レンは悪くない。私がもっと早く様子を見に来るべきだった」

僕らの慰《なぐさ》めで、何とか落ち着いたクリアクリス。

彼女のことはエレナさんとファラさんに任せて、僕は朝ごはんを食べるために食堂へ向かう。

と言っても、もうお昼近い。本当に時間を無駄にしてしまった。反省。

◇

「う～～ん！　何だか久しぶりによく寝たな～」

長い時間眠ったことで、いつもよりも体の疲れが取れた僕は伸びをした。

食事をした後、すぐに冒険者ギルドへと出かける。

冒険者ギルドに着くと、襲撃者を引き渡して受付で賞金を受け取っているウィンディがいた。

ウィンディは僕に気づいて手招きしてきたので行ってみる。

「レンレン、やっぱりあいつら、コリンズのパーティーに来てた貴族に雇われたみたいだよ。ギルドに解放金の話が来たんだってさ」

解放金とは、〝冤罪《えんざい》〟で捕まってしまった者を解放するために支払うものだ。今回は冤罪ではないので当たらないはずだが。

「襲撃してきたという証拠がないもので……」

受付のお姉さんがそう言っている。証人はいるけど、貴族の言うことには逆らえないってことかな？

「賞金首になっている者は有無を言わさずに犯罪奴隷にするのですが、他の人達は要求を呑むしか……」

受付のお姉さんも悔しそうな顔で話す。良い人なんだな。

ほんと、この世界の貴族やら王族は碌《ろく》なのがいないね、まったく。

「それでいいですよ。また来ても、うちの従魔に捕まるだけですから」

「そうですか……しかし、凄いですよね。従魔を同時に八匹も……王宮魔術師でもそんな魔力を持っていないと思いますよ」

ありゃ、数までバレてるのね。

凄いって言われても、僕自身には少しのＭＰ消費だけで他には何の影響もないのです。

出しているだけで最強って最高だな。

普通の従魔って、主人のＭＰと、それで足りなければＨＰを餌《えさ》にして召喚されるらしい。

さらに召喚している間もずっと消費するので燃費《ねんぴ》が悪いそうだ。だから召喚士なんて滅多《めった》にいないみたいなんだよね。

「魔力はさておき、掃除も人海戦術でやれば楽ですからね！」

「は～？」

受付のお姉さんにそう言うと、首を傾げて苦笑《にがわら》いされてしまった。

適当にはぐらかそうと思ったんだけど、引かれちゃったかな。まあ、これでいいのさ。

すると、ウィンディが話題を変える。

「ところで、いつ頃、街を出るの？」

「ん？　そうだな～、ハインツさん達が安心して営業できるようになったら、かな。昨日のパーティーでの約束を、コリンズが守ってくれればいいんだけど」

ハインツさんが商人ギルドと取引できるってやつね。それさえ実現すれば、僕がいなくてもハインツさん達は大丈夫だ。あるいは、ビリーが商人ギルドのトップになればそれでもいい。

「ファラさんは、レンレンのものなんだよね……」

「え？　ファラさんに聞いたの？」

ファラさんをかけてギザールと対決して勝ったんだから、僕のものになる……のかな？

ウィンディがパーティーでの出来事を知っているということは、エレナさんにも伝わっていそうである。

「僕なんかじゃ、ファラさんに釣り合わないよ」

「ふ～ん。レンレンって……いや、なんでもな～い」

ウィンディはなぜか感心したように言って、そっぽを向いた。

気になるが聞けない。何を言われるかわかったもんじゃないからね。

「とりあえず、掃除の依頼を受けて商人ギルドに行こうかな」

「あ、じゃあ私も討伐依頼に行ってくるよ。ゴーレのおかげで、私もあと少しでCランクに昇格できそうだからね。昇格試験があるから大変なんだけど」

ほほ～、Ｃランクに上がるには試験があるのか。なんだかめんどくさいな。僕は上がらなくてもいいや。

「レンレンもそろそろ昇格の声がかかるかもね。その時は一緒にＣランクの試験受けようね」

ウィンディは可愛らしく首を傾げて言ってきた。

だが断る。僕は試験とかそういったことを避けてきた男だ。断固《だんこ》として断るぞ。

「あ～、そのうちにね……」

そっけない返事をして、すぐに依頼を受けて冒険者ギルドを後にした。

掃除の依頼は、オークとゴブリンを呼び出して終わらせた。

今日は三か所だけだったので、それほど時間はかからなかったな。

掃除の依頼人に貰ったお菓子を食べながら商人ギルドの前に着くと、長い行列が建物の外まで続いていた。

なんだこれ……。

「あっ！　コヒナタさん」

僕に気付いた商人ギルドの女性が声をかけてきた。

初めて会うのでお辞儀をして挨拶すると、女性はクスクスと笑う。

「ふふ。ビリーから聞いていますよ、控えめな方だって。すぐに中に入ってください。ビリーが待っています」

僕は促されるままに、商人ギルドの建物に入っていく。

「あ！　コヒナタさん！」

中に入ると、受付の対応をしていたビリーが僕らに気付いた。

僕を案内してくれた女性がビリーと代わり、ビリーは受付からこっちにやってくる。

どうやら、いい結果になったようです。

「コヒナタさん、見てくださいよ。自由に商売できるようになって、こんなにお客さんが来てくれたんですよ」

ビリーは興奮して息を荒くしている。

僕の両手を掴んでブンブンと振り回すもんだから、肩が痛いです。

「ちょっとビリー！」

「ああ、すみません」

注意をすると、ビリーは恥ずかしそうに俯いてしまった。

しかし、どうしてこんなに繁盛しているんだ？　僕は武器を卸しただけなのに。

「あれからどうなったの？」

「ああ、ここでは何ですから、前のようにあの部屋で」

ビリーは防音の部屋に僕を案内した。理由が知りたいので僕も早歩きです。

部屋に入るとソファーに座るように促されたので、腰を下ろす。

ビリーは何枚かの書類をテーブルに置いた。

「これは？」

「この間の卸してもらった武器の取引の記録ですよ」

ええ～、そんな大事なものを僕に見せて大丈夫なのかな？

そう思っていたんだけど、ビリーは笑顔で書類を僕に差し出す。

「拝見《はいけん》します」

思わず敬語で受け取り、僕は書類を見ていく。

すると、隣町や村の冒険者ギルドに卸したという経緯と値段が載っていた。

「凄いでしょ！」

ビリーはとてもいい笑顔だ。

ビリーの言った通り、紙には凄い金額が並んでいる。僕は5億で買い取ってもらったけど、最終的にはその百倍になっていた。

しかし、ここまで大規模な取引を一気にして大丈夫なのだろうか？

「こんなに表立って行動していいんですか？」

あのちょび髭のゾグファが何かしてくるんじゃ？　と思ったが、ビリーは胸のバッジを見せて説明してくれる。

「僕は今、このギルドの責任者なんですよ。ゾグファは辺境《へんきょう》のギルドに左遷《させん》されました」

どや顔だ。

あのちょび髭は僕との取引のチャンスを逃し、一方、ビリーはこの取引で商人ギルド本部からの信頼を得て、ゾグファの悪行を訴えたとのこと。

ゾグファの信頼は地に落ちて辺境へと左遷され、ビリーが責任者になって現在に至る……ということらしい。

しかし、商人ギルドは仕事が早いな。ビリーと取引してからそれほど経っていないのに、こんなに早くちょび髭が異動になってしまうとは。

「コヒナタさんも、何だか色々やっているみたいですね。テリアエリンの商人ギルドマスターからも支援《しえん》があったし、コリンズからハインツさんとの取引を再開するように要請がありましたよ」

テリアエリンってことは、ニブリスさんか。コリンズもちゃんと約束を守ったようだ、良かった良かった。

ビリーの話はまだ続く。

「コリンズはこうも言っていました。世界樹の雫をレンが持っていたら取引して欲しいと。結構、切羽詰まった様子でしたが……」

「雫を？」

前にファラさんが助けた新人冒険者の噂と、僕が世界樹の枝を持っていたことを繋ぎあわせて、コリンズは僕が雫を持っているのではないかと考えたのだろう。

「コリンズには娘がいるようなので、その子に必要なんじゃないかと。この情報も不確かなんですけどね。何せ、誰もその子を見たことがないんですから」

「誰も？　じゃあ誰からその話を聞いたんですか？」

ビリーを信じないわけじゃないけど、ちょっと信憑性を疑うね。

「前々から噂は囁かれていたんですけど、この間、確信に至ったんです。コリンズが一人でいた時、そう呟いたんですよ。声をかけられる雰囲気ではなかったので、詳しい話は聞いていないんですけどね」

不確かって、そういうことか。

「コリンズは自分の情報を外にもらすような男ではありません。なので、あの時の言葉は僕も耳を疑いました。だからコリンズは相当焦っているんだと思いますよ」

なるほど、確かにいつものコリンズを思うと、人に聞こえるような独り言を言うとは考えられないな。

コリンズは、発言前によく顎に手を当てて考え込んでいた。あれは迂闊《うかつ》な対応をしないためだろう。

コリンズに子供がいるとしたら、きっとその子は今とても危ない状況であるに違いない。

でも、子供に罪はないとはいえ、素直にコリンズを助けていいのか？

ハインツさんの奥さんであるリラさんを死に追いやったのは、コリンズかもしれないのに……。

「コリンズと話すことはできますか？　直接真実を聞きたいです」

「ということは、やっぱり雫を持っているんですね……。では今から連絡してみます。いつどこで話しますか？」

「そうですね。ハインツさんにも聞いてほしいので、【ドリアードの揺り籠亭】に、今日の夜」

僕がそう言うと、ビリーは手紙をしたためて部屋の外にいた青年に渡す。

手紙を受け取った青年は走って外へと出ていった。

「では、コヒナタさんにこれを」

「これは？」

「商人ギルドのカードです。これで今回の取引のお金を、どの商人ギルドでも下ろすことができます。もちろん身分証明書としても使えるので、冒険者カードと併用《へいよう》してください。でも、なるべく街に入る時には使わない方がいいかもしれません」

「え？　何で入る時に使っちゃまずいんですか？」

「いや～、今回の武器の件で、コヒナタさんの噂が他の街にも届くかもしれませんからね。僕は武器の出所《でどころ》は黙っていたんですよ。でも、物が物ですし、この街でのコヒナタさんの活躍を耳にしていれば、あなたが関わっていると考える人も出てくるでしょう。その話が他の街にも届けば……下手すると、街に入っただけで商人ギルドに案内されて、武器を卸してほしいと頼まれる可能性もあります」

どうやら、相当良い武器を卸してしまったみたいです。僕からしたら、片手間で作った武器だったんだけどね。

そうなると、できるだけ商人ギルドのお金は下ろさない方がいいかも。

「とりあえず、金貨で１００枚下ろしておきました」

ビリーは、僕が下ろさないでいいように金貨を用意してくれたみたい。流石、できる男だね。こりゃ、あんなちょび髭じゃ勝てないよ。

「ありがとうございます」

「いえいえ。それで～……非常に申し上げにくいのですが……」

「はい、いくらか装備を卸しますよ」

「ありがとうございます！」

色々してくれたので、お礼も兼ねていくつか売ることにした。

武器だけじゃなくて、今回は防具も渡す。どれも清らかな鉄や銅で作ってあって聖属性がプラスされているから、かなりの高値になるはずだ。

今回も億行くんだろうなと思って、少しウキウキしています。

「これは凄いですね……。この間の武器も驚きましたけど。防具にまで属性がついているなんて。コヒナタさんの作った物だと知られたら、本当にどうなることか」

「ははは……」

ビリーは驚きながら不安になるような言葉をもらした。僕は乾《かわ》いた笑いを返すしかない。

「では、今回の取引も色をつけておきます」

「はい、お願いします。あ、くれぐれも……」

「わかってますよ。コヒナタさんが作ったのではなくて、廃墟で見つけたものですよね」

僕が念押ししようとしたら、ビリーは被せ気味に答えた。

流石できる男ビリー、これからもエリンレイズの商人ギルドは繁盛するだろう。

◇

「リージュ、いるかい？」

僕は商人ギルドから帰ってきてすぐに中庭に入った。リージュにコリンズが来ることを伝えておいた方がいいと思ってね。

「どうしたの？」

『キシャ〜』

リージュはデッドスパイダーと仲良くなったみたいで、常時出しておいてほしいと頼まれた。そのデッドスパイダーに跨《また》がって現れ、首を傾げている。

コリンズが来ることを告げると、リージュはニヤッと笑って答えた。

「罠にかけるのね！」

「違うよ。僕はできることなら困っている人を助けたいと思ってるんだ。だから、コリンズには本当のことを話すチャンスをあげたいんだよ。今回の話し合いで、ハインツさん達、家族とのいがみ合いにも決着をつけたいんだ」

本当にコリンズの秘密の子供が危ないなら救ってあげたいし、何故かいじめられているハインツさんも助けたい。欲張りかもしれないけど、可能なら両方叶えたいんだよね。

「わかったけど、コリンズが本当のことを言うとは思えないな〜」

リージュの懸念はもっともだ。コリンズが頭を垂れて謝ったり、涙ながらに本当のことを言ったりする姿は想像できない。

でも、守るものがある人は、そのために自分を殺すことも厭《いと》わないと思う。

これがコリンズにとって最後のチャンスなんだ。

◇

日が暮れて、最後の食事のお客さんが【ドリアードの揺り籠亭】を出た。

みんなで食堂に集まり、椅子に腰かける。

「レンレン～、本当に来るのかな～」

「大丈夫だと思うよ」

僕はウィンディにそう答えた。これでコリンズが来なかったら、子供なんていないと思いたいね。

「本当に子供がいるなら、こんな可愛いクリアクリスを捨てたりしないと思うけどな～。ね、クリアクリス～」

ウィンディは椅子に座るクリアクリスを後ろから抱きしめて、頭をナデナデしている。

クリアクリスは俯いて、恥ずかしそうだ。

「確かに、自分の子供がいるのにあんなことをするなんて信じたくはないな」

「そうだよ！　それが本当だったら許せない！」

ファラさんとエレナさんも、クリアクリスを抱きしめてそう話した。

確かに僕もそう思う。魔族だろうが何だろうが、こんな子供を傷つけるなんて人として信じられん。

でも、コリンズの子供に罪はないよね。もしビリーの話が事実なら、クリアクリスみたいに助けてあげたい。

コンコン！

みんなとそんな話をしていたら、扉がノックされた。

ハインツさんが扉を開くと、コリンズが俯き気味に食堂に入ってくる。椅子に座るように促すと素直に従った。

いつもと違う様子に驚きながらも、みんなでコリンズの言葉を待った。

重い空気の中、コリンズが口を開く。

「すまなかった」

コリンズの謝罪の言葉が響く。

確かにパーティーの時に謝って欲しいとは言ったけれど、その約束が果たされることはないと思っていた。

僕らは驚きで顔を見合わせる。

「何に対しての謝罪？」

ファラさんがコリンズに詰め寄った。

気圧《けお》されたコリンズは腰を浮かせて後ずさり、椅子が倒れる音でこの場の空気がピリッとした。

確かに、何について謝ったのかわからない。謝罪の相手はハインツさんなのか僕なのか、それにどのことに対してなのかもね。

「……すべてに。だから――」

「待ってください。それじゃ言葉が足りませんよね」

ファラさんに続いて、エレナさんもコリンズに詰め寄った。

コリンズは倒れた椅子をよけて、どんどん壁際へと追い込まれる。

二人とも、こういう時に頼りになるな。できる男役は、ファラさんとエレナさんに任せます。

「ハインツの怪我は、私がやらせたことです。商人ギルドに取引をしないように言ったのも私です」

ふむふむ、それからそれから？

「レン君を狙った強盗《ごうとう》も私がけしかけ、おびき出すために指名依頼もしました」

だいたい思っていた通りということですね。でもリラさんに関しては？

「リラは！　リラが死んだのはあなたのせいじゃないのか！」

ハインツさんが握り拳を作って詰め寄る。

しかし、コリンズは困った顔で目を逸らした。

「リラは……本当に病気だったんだ」

「え？」

コリンズの言葉にハインツさんは驚きの声を上げる。

この期《ご》に及んでコリンズが嘘をついたと思ったのか、ハインツさんはコリンズの胸倉を掴んだ。

「この！」

「嘘じゃない！　嘘じゃないんだ！　だから、私は彼女を支援しようと、妻に迎えると言ったのだ」

コリンズは焦りながらもそう話した。

嘘を言っている感じではなさそうだけど、それなら意地悪なんてせず、無償《むしょう》で支援してあげればよかったのに。

こいつはリラさんを好きになりすぎたんだろうな。コリンズの嫉妬《しっと》と独占欲《どくせんよく》が、リラさんを殺してしまったんだ。

僕はハインツさんを宥めることにした。

「ハインツさん、落ち着いてください。最後まで話を聞いてみましょう」

「すみません……」

「謝らなくていいよ。コリンズが悪いんだから」

少し落ち着きを取り戻したハインツさん。その代わりにウィンディがフンスと怒っています。

気持ちはわかるけど、今は話を聞こうね、ウィンディ。

ハインツさんが冷静になったところで、僕は椅子に腰かけた。

コリンズは胸倉を掴まれたことで動揺し、息を荒くしている。

少ししてコリンズは椅子に腰かけて一息つき、話を続けた。

「リラの病《やまい》の治療《ちりょう》には莫大《ばくだい》な金がかかる。だから支援してやろうと思い、『私のところに来ないか』と言ったのだが、リラは『私にはハインツがいるので』と頑なでな」

きちんと病気のことをリラさんに説明したのか？　そうじゃなきゃ、ただのナンパだと思われてもおかしくないよ。

これはコリンズの言葉足らずで、リラさんが勘違いしてしまったんだと思う。

「そんな話、受けられるわけないだろう！」

なんとか落ち着いたはずのハインツさんの怒りが再燃してしまった。

そりゃそうだよね。治療するから自分の妻になれなんて。

「その……すまなかった」

コリンズは素直に頭を下げて謝罪の言葉を告げた。

そもそも、リラさんがコリンズのところに来たら本当に治せたのだろうか？　そこ結構、重要だよね。

「リラさんの病気は治せたんですか？」

「当時、私の屋敷を訪れていた高名な僧侶《そうりょ》の方なら治せたはずだ。かなり高額にはなるが、金さえ払えばどうにかしてもらえただろう。リラにも、もっと懇切丁寧《こんせつていねい》に説明するべきだった」

その高名な僧侶っていうのも気になるな。僧侶がそんな要求をするなんて。

仮に治してもらったとして、その後コリンズはどうするつもりだったんだ？

「僧侶が大金を求めるのもおかしいけど、あなたは治した後、リラさんをどうするつもりだったんですか？」

「金を求めない者などこの世にはいない！　治ったら、そうなっていたら……リラは美しかったんだ、だからそのまま私のもとに……」

どこまでも欲望に忠実《ちゅうじつ》なんだな。ろくでなしとは、コリンズのような人のことを言うんだね。

「すべて謝る！　だから雫を！　世界樹の雫を一つでいいんだ！　一つ私に売ってくれ！」

僕たちの冷ややかな視線を感じてコリンズは焦ったらしい。床に額をこすりつけて懇願《こんがん》している。

どうしたものかと皆を見ると、全員そっぽ向いてしまった。ハインツさんはコリンズを睨んだままだし、どうしよう。

「わけを聞いてもいいですか？　それによっては考えなくもないです」

コリンズはその言葉で顔を上げ、僕をじっと見つめる。

「……娘がいるんだ。私の娘ではなく親友の子なのだが、私はあの子を守ると誓《ちか》った。あの子に何かあったら、あいつらに顔向けできない。私のことは、いくら罵《ののし》っても恨んでくれても構わない。雫を持っているならあの子だけは助けてくれ」

よっぽど大切な親友の子なのかな。同じように大事にする気持ちを、何でクリアクリスにも持てなかったのか。今はその気持ちの方が大きい僕がいる。

「コリンズ様、この子を見て何か気付きませんか？」

「……魔族の子だろう？」

僕はクリアクリスを抱き上げて見せたが、コリンズはわからないらしい。やっぱダメだ、この人。

「……雫、売ってもいいですよ」

「いいのか！」

「ですが、条件があります」

コリンズの表情が喜と哀の間で乱高下《らんこうげ》する。悪いが、コリンズはここでおしまいだ。

「伯爵の爵位を捨ててください！」

僕の言葉が【ドリアードの揺り籠亭】に響いた。

みんなはびっくりした顔で僕を見ていて、コリンズも唖然としている。

しばらくして、コリンズは頭を再起動させたようだ。

「爵位を捨てろというのか……」

「僕はそう言いましたよ」

「……」

コリンズは生唾を呑み込む。

みんなも静かにその様子を見ていた。

「あの子はどうなる！　爵位がなくなれば、幼い子を守ることなどできん！」

いやいや、ハインツさんだって子供を育ててるし。暮らしを変えればどうとでもなるでしょ。

やっぱり所詮《しょせん》は腐った貴族だったんだね。ある意味良かった。

「ハァー。コリンズ様、その子のところまで案内してください。症状を見て判断します」

「そうか！　考え直してくれるか」

大きなため息を吐いて提案してみたら、コリンズは険しい顔を一変させて明るい表情になった。何と身勝手な男だろうか。

だけど、子供に罪はないんだよね。どれだけ危ない状況なのか見させてもらって、どうするか判断しよう。

第十五話　真相

コリンズの屋敷にやってきた。

深夜だし、一人で行くのは危険ということで、ウィンディが同行してくれている。

出かける前に、ファラさんやエレナさんとこそこそと何か話をしていたんだけど、一緒に行く人を選んでたのかな？

ファラさんとエレナさんは残念そうに俯いていたが、どんな話し合いをしたんだろう？　気になります。

ちなみに、従魔もゴブリンとオークを出している。この二匹は武器や防具を装備できるので、とても頼もしい。

コリンズを先頭に屋敷に入り、玄関ホールから二階に続く階段を上っていく。

二階に上がると通路の左右に甲冑が飾ってあって、いかにも貴族の屋敷といった感じだ。

甲冑の置いてある通路をまっすぐ進むと、さらに階段を上り、その先に木の扉が見えた。

まるで屋根裏部屋のようで、僕は首を傾げる。

立派な屋敷には不釣り合いだし、大事な親友の子供なのにこんなところに寝かせているのか？　おかしな感じだ。

そう思いながらも、コリンズに続いて階段を上っていく。

コリンズが扉を開けると、一つのベッドが見えた。

「この子はイザベラ……リラとは違う奇病《きびょう》にかかってしまったんだ」

コリンズはベッドの横の椅子に腰かけて、子供の頭を撫でた。

枯《か》れ木のごとくやせ細った子供は、とても生きているようには見えない。

「死んでいるみたいだろ？　だけど、間違いなく生きているんだ」

子供のおでこにキスをするコリンズ。その少女への愛を感じる行為に、僕は怒りを覚えた。

クリアクリスとはあまりに違う。

「何であなたは！」

「フォッフォッフォ！　コリンズ様、いけませんな。知らぬ者をこの部屋に入れては病が移りますぞ！」

僕の言葉を遮り、カーズ司祭が部屋に入ってきた。

「これはカーズ司祭、こんな夜更けにも祈っていただけるのか」

「フォッフォッフォ、イザベラ様のためならば。それよりも、この小僧を外に出すのです。病をばら撒くことになりますぞ」

カーズは僕たちを一瞥《いちべつ》して言い放った。

しかし、こんなタイミングに祈りに来るって変じゃないか？

「レンレン、おかしいよ。司祭がこんな時間に巡回《じゅんかい》に来るなんてありえないよ」

ウィンディは怪訝な顔でカーズを睨みつけた。睨まれている本人はベッドの少女を見ているので気づいていないが、すっごい顔です。まるで親の仇のように。

『フゴフゴ！』

「おっと、どうしたオークさん」

僕の従魔のオークが匂いを嗅ぎながらカーズに近づいていく。

『フゴフゴ‼』

「何じゃ！　このオークは！　何故魔物がこの部屋に」

カーズの体から変な匂いがするのか、オークが必死に指さしている。

何か怪しいと思った僕は、ゴブリンと一緒にカーズを押さえ込んだ。

「何をするか！」

暴れるカーズを僕が押さえているうちに、ウィンディとオークが司祭の服から真っ黒なクリスタルと小さな宝石をいくつか取り出した。

『フゴフゴ～！』

「レンレン、これだってさ」

オークが拳ほどある真っ黒なクリスタルを掲《かか》げて騒ぎ立てた。どうやらオークが気になる匂いはクリスタルから発生しているようだ。

「何をする！　返さんか！」

「これがどうしたの？」

カーズが騒いでいるのを無視して、僕はオークに話しかける。

「儂にこんなことをして、ただで済むと思うなよ！」

カーズがなんか言ってるけど、無視無視。なんか偉そうで好きになれないんだよね、こういうお爺さんってさ。

「このクリスタル、よく見ると人形が入ってるね」

クリスタルを覗くと、小指くらいの小さな人形が入っていた。心なしか、イザベラちゃんに似ている気がする。

「まさか、牢獄石《ろうごくせき》では……」

コリンズが狼狽《うろた》えながらそう口にした。牢獄石ってなんだろうか？

「それは？」

「命を閉じ込める石だ。法で裁《さば》けないほどの犯罪者を一生閉じ込めるために作られた。この中の少女は、間違いなくイザベラだろう」

僕の問いにコリンズが厳《きび》しい表情で答える。

「何故カーズ司祭がこれを！」

「フォッフォッフォ。知りませんな、そんなもの。この小僧達が用意したのでしょう。まったくもって怪しい奴らじゃ。早く引《ひ》っ捕《と》らえてしまってくだされ。……ん？　何故牢獄石が割れておるんじゃ……⁉」

カーズが何か話している間にクリスタルをコネコネしていたら、割れてしまいました。中にあった人形はそのまま出てきたので、傷はありません。

カーズはあり得ないものを見たとばかりに目を見開いている。

鍛冶の王スキルは、こういったクリスタルも加工できるみたいだね。

「返せ！　返せ！」

「にっしっし！　カーズ司祭がご乱心だよ、レンレン～。でもこれで、このお爺さんはクリスタルが自分のものじゃないなんて言えないね～」

カーズが必死過ぎて、何だか哀れ。ウィンディが楽しそうに笑ってます。

「これは僕のものなんでしょ？　何であなたに返さないといけないんですか？」

「うるさい、早く返せ！」

「コリンズ様、牢獄石の人を解放するにはどうしたら？」

「解放した者はいないと言われていたが、聖なる水を人形にかけると可能だと噂で聞いたことがある……しかし、本来はクリスタルから人形を取り出すこと自体無理なはず」

聖なる水って、清らかな水でもいけるのかな？　試しにかけてみよう。

僕はアイテムボックスから清らかな水を取り出して、人形にぶっかけた。

清らかな水を浴《あ》びた人形は白くなっていき、最後には崩れて形をなくす。

それを見たカーズは狼狽《うろた》えながら外に出ようとしたが、もちろん、オークがそれをさせまいと道を塞いだ。

「どかんか、この！　オークが！　儂の魔法にひれ伏せ！」

カーズは光の魔法をオークに浴びせた。それはそれは神々《こうごう》しい光がオークを照らす。

だけど、オークは微動だにしない。

「な！　何故じゃ！　儂の魔法が効かないのか！」

カーズは驚愕《きょうがく》に顔を歪める。光の魔法が効かなかったのがショックだったみたいで、へなへなと腰砕《こしくだ》けになった。

ふふふ。僕のオーク君は、そんじょそこらのオークとは違うのですよ。何と言っても装備でステータス爆上げですからな。

「うう……」

「イザベラ！」

カーズに気を取られているうちに、ベッドの少女イザベラが声をもらした。

コリンズが心配して駆け寄る。

「おじ様……」

「ああ、イザベラ！　目が覚めたんだな」

うむ、子供が無事で何よりです。

「何故じゃ、何故儂の魔法が！」

「ハイハイ、カーズさん。あなたは何故あの牢獄石を持っていたんですか。それもイザベラちゃんに使っている石を！」

ウィンディが矢を構えてカーズを尋問する。

カーズはフンッといった様子で黙秘を決め込んだ。

「カーズ司祭、そう言えばリラの病気もあなたから聞いた話でしたね」

「儂は知らんぞ」

なるほど、そういうことね。

大体察しがついた。要するにこのお爺さんがコリンズから金を巻き上げ、いいように操《あやつ》るために色々と策を練ったというわけだ。

まったく、この世界の教会はこんな感じなのかと呆れる。

「とりあえず、イザベラちゃんにこれを」

「雫……」

コリンズは雫を見つめて呟いた。

僕から革袋に入った世界樹の雫を受け取ると、すぐにイザベラちゃんに飲ませる。

その間もカーズが逃げ出そうともがいていたが、オークは微動だにしない。

「ギャア！　何をする！」

「逃げようとするから足に矢を射《い》ったのよ」

ウィンディが暴れるカーズに嫌気がさして、足に矢を撃ちつけた。

ウィンディは僕と出会った頃よりもステータスが上がっているので、カーズのＨＰは瀕《ひん》死《し》寸前になっている。

死んだらどうするの、まったく。しかしカーズが悪いのでしょうがないか。

「何故儂がこんな目に！　折角コリンズを使ってこの街を支配しようと思っていたのに……」

おうおう、自《みずか》ら暴露《ばくろ》し始めるとはどこまで馬鹿なんでしょう。

「カーズ司祭！　このことは教会に報告するぞ！」

「教会がお前のことを信用するはずがないだろう。今までの己の行為を振り返ってみるがいい！」

コリンズの言葉にカーズはそう言い返した。

これまでのコリンズの行いは街のみんなが知っている。悪行を重ねてきたコリンズの信用はないに等しい。

教会に信用されないことは、コリンズ自身もわかっているようだ。

「では、お前は私が制裁《せいさい》してやる。今まで私のおかげで甘い汁を吸ってきたのだから、もういいだろう」

「な！　何をする！　どこに連れて行く気だ！」

コリンズが暴れるカーズの首根っこを掴んで引きずっていく。

カーズの騒ぐ声はどんどん小さくなっていき、最後に断末魔の叫びを残して静かになった。

イザベラちゃんには聞こえないように、オークが耳を塞いでいた。オークは結構、紳士なんだな。

ゴブリンもそうだが、僕の従魔になってからこいつらすげえ紳士だ。階段を上る時、ウィンディに手を差し伸べたり、椅子に座る前に椅子の埃《ほこり》を払ったり。

ラノベを読んでいた僕からしたら、ゴブリンとオークは女性に嫌われる種族一位と二位といったところだったが、こいつらは簡単にその印象を吹っ飛ばした。男として負けた気分です、ハイ。

そんな僕をよそに、ウィンディ達はイザベラちゃんと談話《だんわ》中だ。

雫を飲んだイザベラちゃんは、やせ細っていた体も健康的になっていた。

イザベラちゃんはオークやゴブリンに興味津々《しんしん》。魔物だというのに恐れないのは、こいつらの紳士力に気付いたからだろうか。恐るべし紳士力！

「お姉ちゃん達が助けてくれたの？」

「そうだよ～。でも、コリンズのおじさんが助けてって私達に頭を下げたんだ。おじさんを褒めてあげてね」

ウィンディは気遣いもできる女だったのか、と驚愕していると、僕の顔を見たウィンディが顔をしかめている。心を読まれたようですな。

「ちょっと～レンレン、今私のこと、馬鹿にしたでしょ？」

「いんや、しておりません」

図星《ずぼし》過ぎて敬語が発動。何かされる前に部屋から飛び出した僕は、戻ってきたコリンズを迎えた。

「すまなかった」

コリンズは僕の顔を見るなりそう言った。

だけど、言う相手が違うよね。

「その言葉はイザベラちゃんに言ってあげな。あと、ハインツさん親子にもね」

もちろん、リラさんにも。

リージュはこのことを聞いても、コリンズを許せないかもね。それでもちゃんと報告しよう。

ハインツ親子をいじめていたきっかけは、カーズの言葉だった。

教会の司祭を処罰《しょばつ》したコリンズは、教会から糾弾されるだろう。

カーズに利用されていたとはいえ、弁護の余地はないね。ちゃんと僕らが主張すれば少しはコリンズの刑が軽くなるかもしれないけど、爵位はなくなるだろう。

◇

「は～、やっと鉱山へ来れた～」

コリンズの件が一段落して、僕はエリンレイズの鉱山へと足を運んだ。今まではハインツさん達が心配過ぎて遠出できなかったんだよね。

まあ、それでもデッドスパイダーとリージュは【ドリアードの揺り籠亭】に待機させている。

「でもよかったね。テリアエリンからコリンズの代わりの領主が来てくれて」

「コリンズはカーズに利用されていたわけだけど、悪事を働いていたことは確かだからね。コリンズも刑を素直に受けているから、すぐに出てこれるよ」

コリンズはハインツさん以外にも、色々なところで締め付けを行っていたようだ。

僕らがいくら擁護《ようご》したところで、市民のコリンズへの怒りはなくならないだろう。

カーズ自身も各所で悪どいことをしていたらしい。回復魔法を使う代わりに、お金だけじゃなくて様々な対価を要求していたんだってさ。まったく、ああいう老害《ろうがい》は本当に困ります。

街の人達は、コリンズの言い分は嘘だと思っている。これは仕方ないよ。今までのコリンズの印象が最悪だったからね。いくら僕達が声高らかに言ってもしょうがない。

「レンレンが言ってるのに信じてくれないいんだから、よっぽどだよ」

「いやいや、僕を過大評価《かだい》し過ぎだよ」

僕はウィンディに首を振る。

僕はただの冒険者で聖人じゃないからね。それでも街の人達は少しだけ心を動かしてくれたけど。結果的に、コリンズには禁固《きんこ》三年の刑が下った。普通ならば鉱山奴隷になってもおかしくないほどの市民達の熱だったが、僕の言葉で多少は情状酌量《じょうじょうしゃくりょう》されたのかもしれない。

「新しく来た領主様は結構いい人みたいだね」

エレナさんが言っているのは、テリアエリンから来てくれた新しい領主、クルーエン伯爵様だ。

コリンズの刑が軽くなったのも、この人のおかげといっていい。

人懐《ひとなつ》っこい笑顔で僕らの言葉を聞いてくれたクルーエン伯爵様は、尊敬できる貴族だと思った。

「レンレン、この後どうするの？」

「う～ん、ハインツさん達がコリンズの手先に嫌がらせをされる心配はなくなったけど、まだ襲われるかもしれないからな～」

黒幕のカーズは司祭だった。なので、教会に喧嘩《けんか》を売ったかたちになっちゃったんだよね。

コリンズの移送もそうだけど、教会側の目を気にしながら行動しないといけなくなったんだ。

この世界の教会は貴族達と同じく、結構腐敗《ふはい》してるらしい。戦争がなくなって魔物との争《あらそ》いだけになったことが大きいみたいだけどね。

教会は回復魔法を使える人を抱え込み、寄付をした人だけに回復を施すといった横暴《おうぼう》を繰り返しているそうだ。

コリンズは多額の寄付をしたにもかかわらず、イザベラちゃんを治してもらえなかったけれど、それは教会が長い間利用しようと目論《もくろ》んでいたからだろうね。

そんな事情もあって、リージュには【ドリアードの揺り籠亭】を守り続けてもらうことにした。

その代わりといってはなんだけど、リージュには装飾品をプレゼントしました。主にV

ＩＴとＭＮＤが上がるものなので、リージュにぴったり。青葉のようなブローチにしたんだけど、すっごく喜んでくれた。本当によかったです。

「できれば旅立ちたいな〜」

折角この世界に来たんだから、あちこちを見て回りたいよ。

「レンレン、ちょっと来て〜」

「え？　どうしたの？」

まだ街にいるべきかどうか悩んでいると、ウィンディが鉱山の奥を指さして手招きしている。

「私が討伐依頼を受けた魔物がいたんだけど、結構固そうなんだ」

「あ〜、ゴーレを呼ぶのね」

魔物を確認しながら、ゴーレとオークを召喚する。

魔物はアイアンゴーレムのようで、かなり固そうだ。なのでパワータイプのこの二人に決めました。

「ゴーレ、オーク、行くよー」

ウィンディの言葉に二匹の魔物は声を上げて応えた。

ウィンディはゴーレの肩に乗って矢を放つ。

鉱山だから大地の矢は危ないと判断したのか、清らかな矢を射ってアイアンゴーレムの頭に命中。

体を崩されたアイアンゴーレムは後ろへと倒れる。

『ブヒ～～！』

倒れたアイアンゴーレムにオークが肉迫《にくはく》し、強烈《きょうれつ》な攻撃がアイアンゴーレムの足先を崩した。

流石に固いようで、僕の武器でもそれがせいぜいだ。何だか悲しい。オリハルコンで作ってあげればよかったな。

「気をつけて。アイアンゴーレムの強度はミスリル並らしいから」

ウィンディに忠告される。

アイアンゴーレムは「アイアン」と名前に冠《かん》しているが、レベルに応じて硬度《こうど》を増すらしい。

うちのゴーレも同じ理屈で、岩のくせにミスリル並に固くなってる。

アイアンゴーレムとゴーレの力比べが始まった。

その間もウィンディとオークがアイアンゴーレムの体を削っていく。

それを嫌がるアイアンゴーレムの足がピョコピョコと二人を牽制するのだが、まともに払えていない。なのでしばらくすると――。

「おつかれ～」

三人はハイタッチしていた。

アイアンゴーレムは足から崩されて、最後はゴーレの全体重をのせたスタンプで絶命したのだ。

ドロップにアイアンゴーレムのジェムが手に入って、僕はホクホクである。

この鉱山にはゴブリン達が棲み着いていたので、道中でゴブリンのジェムもいっぱい手に入った。中にはゴブリンウィザードもいて何だか新鮮だったな。

鉱山の奥にはこれまた大きな鉱脈があった。ミスリルもあったから、ここに来て正解でした。

おかげでスキルもレベルアップ。

採掘の王【E】→【D】

◇

「じゃあ、僕らは行きますね」

鉱山から帰ってきて三日ほど製作すると、新しい領主のおかげで街が落ち着いてきたので、エリンレイズを後にすることにした。【ドリアードの揺り籠亭】はリージュが守るし、宿屋としてもさらに繁盛してきたので僕らが長居したら迷惑だろうからね。

「いつまでもいてくれて構わないのに」

ハインツさんの優しい言葉で目の奥がじんとする。

だけど、甘えてちゃだめだ。それに旅は続けたいからね。

「いつまでも居座っては悪いですからね」

「皆さんは命の恩人です。迷惑だなんて思ったことないですよ。またいつでも来てください」

「近くに来たら、必ず寄らせてもらいます」

そう言って荷物を持って外へと歩いていく。

「お兄ちゃん達、ありがとうございました。また来てくださいね」

ファンナちゃんの声に、僕達は振り向いて手を振った。

これでエリンレイズともお別れか。

そう思って馬車に乗って出発したのだが、街を出るまでに色々なところで知人達に捕まった。しかも、食べ物までもらって。ありがたいことです。

「お兄ちゃん凄い！」

「レンレンのおかげだね」

「レン、凄すぎ」

クリアクリスとウィンディ、エレナさんが僕を褒める。何だか気恥《きは》ずかしいけど確かに嬉しい。こんなに人の役に立っていたのかと思うと、頑張った甲斐がある。

「レンはもうちょっと自分の価値に気付いた方がいい」

ファラさんはそう言って笑った。

そういえば、ファラさんはいつまで僕と一緒にくるんでしょうか？

エイハブさんはレイティナさんに訴状を届けにいって戻ってきたけれど、事態が解決したとわかってすぐにテリアエリンへ戻ったのに。

「ファラさんは、エリンレイズに用があったんじゃないんですか？」

「ん？　ああ、それは済んだよ。今はフリーだ」

「そ、そうなんですね」

ファラさんの言葉に、ウィンディとエレナさんが険しい顔になった。

僕にはよくわからないけれど、変な空気のまま馬車はドナドナと街道をゆく。

しばらく街道を進んでいたら、野営しやすそうな平地を見つけた。

この先に同じような場所があるとは限らないので、少し早いが野営の準備に取り掛かる。

こういう時、ルーファスさんは行動が早い。テキパキとテントを建てて、たき火まで作った。流石だ。出会った当初はダメ男という印象だったけど、それを撤回《てっかい》せざるをえない。

「ん？　俺の顔になんかついているか？」

「いや、何でもないですよ」

ルーファスさんをじっと見つめすぎて不審に思われてしまった。

僕はごまかして、そそくさとテントの中へ。

テントの素材は蜘蛛達の糸なのでとても丈夫だ。ミスリルスパイダーの糸にはミスリルが含まれているから燃えづらいし、最高です。

いつも通り、見張りは蜘蛛達に任せて僕らは就寝《しゅうしん》。マイルドシープの枕は最高だね。

ウィンディに取られそうになったけれど死守しました。モフモフは僕のものだ。

でも、今度皆の分のぬいぐるみでも作ってあげよう。ワイルドシープの毛皮はいっぱいあるからね、簡単さ。

◇

マイルドシープの心地よさを感じながら目覚めると、僕の布団にこんもりと何かが入り込んでいた。

「クリアクリス……」

女性陣はみんな馬車で眠っていた。僕とルーファスはテントで寝ていたんだけど、クリアクリスは夜のうちに忍び込んでいたみたいだ。可愛らしい寝顔で僕にしがみついている。

「まったく……」

クリアクリスのおでこをさする。可愛いったらないね。彼女の両親が生きているのなら会わせてあげたい。

コリンズに話を聞いたのだが、彼も奴隷商から買ったというだけで、クリアクリスの素《す》性《じょう》は知らないらしい。

買ったのは一年ほど前だというから、簡単に情報が掴めるとは思えないな。諦めないけどね。

「レン、クリアクリスを見なかったか？」

「シ～」

ファラさんがそう言ってテントをめくった。僕は指を自分の口に当てて静かにと伝える。優しいファラさんはそれに応えて、ゆっくりとテントを閉めた。

「ファラ、クリアクリスは？」

「クリアクリスはレンのところで寝てる。まだそっとしておこう」

テントの外からそんな声が聞こえてきた。ウィンディみたいにうるさいと、クリアクリスは起きちゃうからね。

「レンレン～、クリアクリスは～？」

「シ～～」

ファラさんの時と同じように静かにするようにお願いしたんだけど、ウィンディには効きませんでした。布団に潜り込んできて、クリアクリスを抱きしめて三人で寝るかたちになってしまった。

「暖か～い」

「ウィンディお姉ちゃん、痛い～」

まったく、いつまでもウィンディはウィンディである。

クリアクリスが起きてしまったので、仕方なくみんなで布団から出ることにした。

テントから出ると、夜に作っておいたテーブルに料理が並んでいた。全部ファラさん達が用意してくれてたみたい。こういう時、幸せを感じるよね。

「クリアクリス、ほっぺにご飯がついてるよ」

「わ～、それいいな～。私にもして～！」

クリアクリスのほっぺについたご飯をヒョイととって食べると、ウィンディが羨ましそうに指を咥えて見てきた。

だけど、ウィンディにそんなことをするわけがないので無視だ。

「ウィンディ、それはやり過ぎだよ」

「えへへへへへ」

エレナさんに注意されてウィンディは照れ隠しに頭をかいている。美人が台無しだ。

さて、次はどこに行こうかな。

当てのない旅だけど、賑やかな仲間たちとなら楽しくなりそうだ。

あとがき

この度、文庫版『間違い召喚！1　追い出されたけど上位互換スキルでらくらく生活』が刊行されました。これも読者の皆さまのおかげです。本当にありがとうございます。

さて、本作の主人公レンは、実はアルファポリスのWebサイトで連載していた『14歳までレベル1‥なので1ルークなんて言われていました。だけど何でかスキルが自由に得られるので製作系スキルで楽して暮らしたいと思います』（以下、『1ルーク』）という拙《せっ》作《さく》よりも先に誕生《たんじょう》していました。というのは、ほぼ同時進行で執筆していた『1ルーク』を先に投稿《とうこう》して出版申請を出したところ、お褒めのお言葉と共にまだまだだと叱咤激励《しったげきれい》を頂戴したため、別作品の『間違い召喚！』を一から見直して改稿することにしたのです。

その結果、こうして出版に至ることができました。

私にとって本作はとても感慨深い作品で、手前勝手にも書いている作者本人すら、自ら創作したレンというキャラクターの柔らかい人柄に癒されていました。おそらく現実世界ではありえないほどのお人好《ひとよ》しを描いているので、どこか惹かれるんでしょうね。

良いことをしたら必ず良いことが舞い込む。そうした当たり前のようでいて、殺伐《さつばつ》とした実社会ではあまり目にすることのない優しい世界。そんな本作は、正直、もっと長く描いていたかった世界でした。

異世界に来て初めての人達からひどい扱いを受けたレンは、その後、魔物の群れによって傷ついたテリアエリンの人達を助けることで、皆に一目置かれる存在となっていきます。

他者に対して無意識的に優しく接し、後ろ向きにならずに前へと進むことのできるレン。とても強い子ですよね。町の人達は身近な人を失って傷心状態でしたが、真面目に仕事をしてくれるレンに元気を貰い、みるみる元気を取り戻していく。愚痴《ぐち》もこぼさず熱心に仕事に励む姿が人を惹きつける。私はそう思います。

『間違い召喚！』のテーマは【優しさ】でした。当たり前のようでいて現実では難しいこと。路上に捨てられたゴミ拾い――善行を積み重ねていくレンには良いことが起きていく。少しでも読んでくださった方々に優しさが届けばいいな……という願いを込めて書きました。それが書籍化、文庫化という形となり、沢山の人の目に留まってくれました。私もまた多くの人の優しさに包まれているんだな、なんて勝手に思ってしまったくらいです。

それでは、次巻でも私の【気持ち】をお伝えできるといいなと祈りつつ、この辺で締めの挨拶とさせていただきます。本書をお手に取っていただき、誠にありがとうございました。

二〇二二年十一月　カムイイムカ

アルファライト文庫

この作品に対する皆様のご意見・ご感想をお待ちしております。

おハガキ・お手紙は以下の宛先にお送りください。

【宛先】

〒150-6008 東京都渋谷区恵比寿 4-20-3 恵比寿ｶﾞｰﾃﾞﾝﾌﾟﾚｲｽﾀﾜｰ 8F
（株）アルファポリス　書籍感想係

メールフォームでのご意見・ご感想は右のＱＲコードから、
あるいは以下のワードで検索をかけてください。

アルファポリス　書籍の感想　検索

ご感想はこちらから

本書は、2020 年 6 月当社より単行本として
刊行されたものを文庫化したものです。

間違《まちが》い召喚《しょうかん》！ 1　追《お》い出されたけど上位互換《じょういごかん》スキルでらくらく生活《せいかつ》

カムイイムカ

2022年 11月 30日初版発行

文庫編集－中野大樹
編集長－太田鉄平
発行者－梶本雄介
発行所－株式会社アルファポリス
〒150-6008東京都渋谷区恵比寿4-20-3恵比寿ガーデンプレイスタワー8F
TEL 03-6277-1601（営業） 03-6277-1602（編集）
URL https://www.alphapolis.co.jp/
発売元－株式会社星雲社（共同出版社・流通責任出版社）
〒112-0005東京都文京区水道1-3-30
TEL 03-3868-3275
装丁・本文イラスト－にじまあるく
文庫デザイン—AFTERGLOW
（レーベルフォーマットデザイン－ansyyqdesign）
印刷－中央精版印刷株式会社

価格はカバーに表示されてあります。

落丁乱丁の場合はアルファポリスまでご連絡ください。

送料は小社負担でお取り替えします。


ISBN978-4-434-31139-0 C0193